師

将棋士お香 事件帖3

沖田正午

二見時代小説文庫

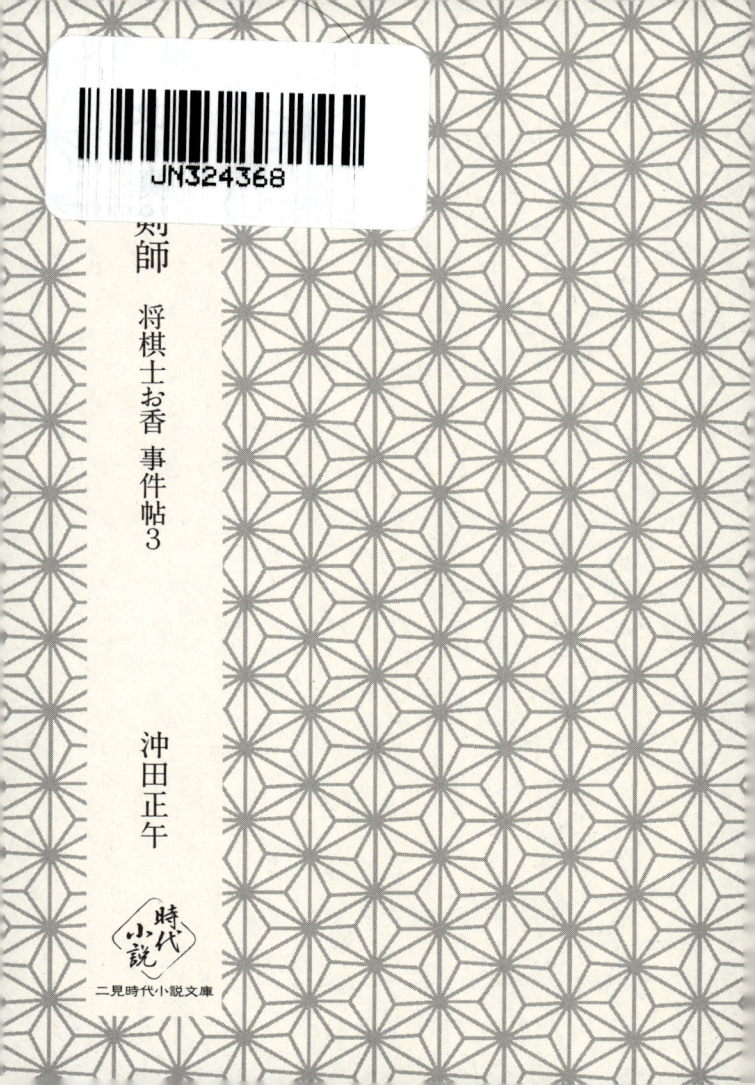

目次

第一章　将棋三兄弟　7
第二章　一分の意地　77
第三章　三兄弟の行方　146
第四章　禁じ手の一局　211

幼き真剣師——将棋士お香 事件帖3

第一章　将棋三兄弟

一

陽光が、庭一面に燦燦《さんさん》と降りそそいでいる。

「いい陽気になりましたねえ」

庭に植わるつつじの、鮮やかな赤の彩りを愛《め》でながら、女将棋指しであるお香《きよう》がポツリと言った。

将棋盤を挟んでの向かい側には、四十五歳になる恰幅《かつぷく》のいい男が座り、お香の言葉に耳も貸さず、一心不乱に盤上を睨《にら》んでいる。

『香車《きようしや》の串刺し』の王手《おうて》を食らい、玉将《ぎよくしよう》の行き場に苦慮しているところであった。

十八歳になるお香は、指南役として将棋を教えることもあれば、真剣師《しんけんし》としての顔も併《あわ》せもつ。

真剣師とは、将棋や囲碁に銭金を賭けるのを生業《なりわい》として、生活の糧《かて》を得ている輩《やから》のことである。総じて、専門棋士《きし》の道から踏み外した者や、素人でも相当な実力の持ち主であることが多い。

お香も三年ほど前までは、幕府の俸禄を受ける将棋三家の一人、伊藤現斎《いとうげんさい》の内弟子であった。

娘ながらも専門棋士であったお香の実力は将来を嘱望され、たった十歳にして十代将軍家治《いえはる》公の将棋指南役にもなったほどであった。だが、ふとしたことから賭け将棋に手を出し、破門の憂き目に遭ったのである。

この日のお香は、真剣師として大店《おおだな》の主人を相手にしていた。

神田松枝《まつえだ》町にある油問屋の主《あるじ》、弥三郎《やさぶろう》の脂《あぶら》ぎった額から脂汗が浮かんでいる。

将棋盤の脇には、持ち駒を置く駒台というのがある。互いの駒台の上には、持ち駒のほかに一両小判が一枚載っていた。

一両の価《あたい》は、町人一家がひと月は暮らしていけるほどの大金である。

その一両を賭しての、博奕《ばくち》将棋であった。

今、お香が相手にしている弥三郎も、相当な指し手である。将棋好きが高じて大店の主であるも、その実力は、神田界隈の素人《しろうと》の指し手内で一、二位を競うほどのものがあった。

それほど手強い相手でも、相手が素人であればお香は盤面から飛車《ひしゃ》を除いて指す。『飛車落ち』といわれ、実力の均衡を図るためである。

「……うーむ、まいったな」

ぼやきを漏らしながら、腕を組んでの、弥三郎の長考であった。

向かいに座る十八歳の娘は、庭のつつじを眺めながら陽春を満喫している。端《はた》から見れば、対照的な二人の様相であった。


弥三郎が長考に入り、かれこれ四半刻が経とうとしている。

お香の猛攻を凌《しの》ぐ手は、すでにない。にもかかわらず、弥三郎の熟考はつづく。諦めきれないというのが、本音であろうか。

盤上での戦況は、弥三郎の王様はもうどこにも動けぬ詰《つ》みなのは、一目瞭然である。

そんな無駄なときも、将棋指しとしては相手が『負けました』と言わぬまでは、待つのが礼儀である。しかし、肚《はら》の中でお香は、違うことを思っていた。

――往生際の悪い人。もう、こういう人とは二度と指さない。

と。

庭に咲くつつじを見ながら独《ひと》りごちた『――いい陽気になりましたねえ』には、そんな気持ちの裏を隠しもつ、早く帰りたいとの意味であった。

「どうにも、逃げられんか」

弥三郎の口から、ふーと長いため息が漏れ諦めたかと思いきや、さにあらず。

「……いや、待てよ」

言って弥三郎の顔が、盤面に近づく。

――早く、負けたと言ってくれないかしら。

どんなにつつじが綺麗だといっても、庭をずっと眺めていれば飽きもくる。お香は、これみよがしに、大きな欠伸《あくび》を一つ、相手の弥三郎に見せつけた。しかし、相手はそんな魂胆などに動じない。

そのうちに、夕七ツを報せる鐘の音が、遠くから聞こえてきた。このあたりでは、風向きによって鐘の音が異なる。北風に乗れば浅草寺《せんそうじ》の鐘であり、南風に乗れば日本《にほん》橋石町《ばしこくちょう》の刻の鐘である。今鳴る鐘の、余韻が残る音色は、石町の鐘か。

「もう、七ツになるのか。そろそろ帰らないと……」

熟考する相手に話しかける言葉ではない。みな、お香の自分に向けて語る独り言である。

「ちょっと、話しかけないでくれないか」

お香の独り言がうるさいと、弥三郎は顔を盤上に向けて苦言を口にする。

「……うーむ、やはり駄目か」

苦渋の思いが弥三郎の口から出たところであった。

「旦那様、よろしいでしょうか？」

若い手代《てだい》の声であった。

「なんだ、うるさいな。今忙しい……」

ところなんだと言おうとしたところで、手代の声が重なった。

「ただ今、北町奉行所の神崎《かんざき》様というお役人が……」

「なんだと……お香さん、早くしまえ」

「これはまずいですわ」

奉行所の役人と聞いて、お香と弥三郎は慌てて駒台の上に載った一両小判を懐《ふところ》の内にしまった。

賭け将棋を見られたら、その場でお縄になることは間違いない。いかなる賭け事も、御定法《ごじょうほう》に背《そむ》くのだ。

着流しに、黒の紋付き羽織をまとった定町廻《じようまちまわ》り同心《どうしん》が、手代に案内されて部屋へと入ってきた。

「おっ、やってますな」

来訪の用件を切り出す前に、神崎という同心が、盤面をのぞき込んだ。すると、すぐに神崎の首は斜めに傾ぐ。

「あれ、この王様は詰んでいるのではないですか？」

弥三郎側の玉将を指して、神崎は言った。

「ああ、そのようですな」

ようやく弥三郎は諦めがついたか、口で負けを認めた。だが、負けの一両はお香の手には渡らない。

お香は、座を立つことなく、勝利の獲物を待った。すると、神崎の鋭い目がぎろりとお香に向いた。

座を外《はず》せとの意味が、その形相から受け取れる。

お香は盤上の将棋を片付けると、仕方なく立ち上がる。そして一両小判に、うしろ髪が引かれる思いで弥三郎の部屋をあとにした。

「まったく、今の若い娘ときたら……」

「ほんとに気が利きませんなあ。それにしても、いいところに来ていただきました。それで、きょうは何用で？」

部屋を出たお香の背中に、聞こえた会話であった。

「……もう、金輪際《こんりんざい》遊んでやらないから」

油問屋の店先《たなさき》に、お香の草履《ぞうり》はおいてある。上がり框《かまち》に腰をかけ、草履を履いたところで、憤《いきどお》りが口をついて出た。

だんだんと怒りが込み上がってくる。

「まったく、馬鹿にして」

お香の怒りが頂点に達し、声高《こわだか》となって出た。

「どうかなさりましたか？」

尋常でないお香の様子に、同心の来訪を報せにきた手代が近寄って声をかけた。

「いえ、なんでもございません」

ぷいと脇を向き、怒った様相でお香は言うと、その先は何も言わずに油問屋をあとにした。

神田川《かんだがわ》の、北岸の堤《つつみ》を西に向かって歩く。

「……あの馬鹿親父、なかなか負けたって言わないもんだから、一両損しちゃったじやない。嗚呼《ああ》、腹が立つ」

お香の怒りが、ぶつぶつと呟《つぶや》きとなって出る。

町方同心の邪魔が入り、お香は大金を手にすることができなかった。後日取りにいけばよいと思うのだが、博奕でのやり取りはその場限りが暗黙の取り決めである。たとえ勝負に勝っても、その場で決算をしなくては、取りはぐることになってしまうのだ。

結局お香は、みすみす一両を損したのである。

悔恨を胸中に抱きながら、お香は神田川の堤を歩く。

川に架かる橋は、和泉橋《いずみばし》である。

対岸は、筋違《すじかい》御門から両国広小路《りょうごくひろこうじ》を結ぶ柳原《やなぎわら》通りである。土手に植わる、柳の並木を横目で見ながら、お香は神田金沢《かなざわ》町にある自分の宿を目指して歩いた。

和泉橋の北詰から、一町ほど西に行ったところでお香の足の歩《あゆ》みは遅くなった。

神田川の土手は傾斜が急で、川は渓谷の趣《おもむき》を醸《かも》し出している。それでも、和泉橋から筋違御門までの四町ほどは、傾斜も緩《ゆる》やかであった。

「……あんなところに、掘っ立て小屋が建っている」

斜面がなだらかになったところに、今にも倒れそうな、朽ちた小屋が幾つか建っているのが見える。

住む家をなくした者たちが、このあたりに住みついている。夜露を凌《しの》ぐために作った簡易の小屋であった。

「あんなところに、いったいどんな人が住んでるのかしら？」

そんなことでも考えていなければ、一両損したことが気持ちの中で紛《まぎ》れない。

西日が傾いて、正面から照りつけている。陽が落ちる、夕刻まではまだ一刻近くの間があった。

金沢町の宿に帰るにはまだ早い。

「……少し、急がないと」

とんだ邪魔が入り、この日の儲《もう》けがふいになった。その穴を埋めようと、お香は神田山下《やました》町にある行きつけの将棋会所に立ち寄ることにした。そこに行けば、一人ぐらい誰かは、おいしい相手がいるものである。

神田佐久《さく》間《ま》町一丁目の路地を曲がり、相生《あいおい》町から山下町に向かう道を、お香は取った。

裏長屋から、子どもたちの遊ぶ高声が聞こえてくる。

「こらっ、おまえたち。そんなすっ裸で遊んでるんじゃないよ」

母親たちの叱り声を耳にしたお香は、頭の中に宿っている不快な思いが幾らかでも消え去る心持ちとなった。

町の名が、佐久間町から相生町に変わる辻《つじ》に、お香が来たときであった。

人が二人並んでようやく通れるほどの狭い路地裏から、子どもの声がお香の耳に聞こえてきた。

「おじちゃん、まだあ……」

声音《こわね》は、十歳にも満たぬほどの幼いものであった。拗《す》ねているのか、すがっているのか、言葉だけでは何をしているのか分からない。

言葉だけの意味をとらえてみれば、先刻お香が抱いていた思いと一致する。

――旦那様、まだですか？

油問屋の主《あるじ》弥三郎の長考に、口に出してはならないもどかしさがあった。そんなところに興をもち、いったい何をしているのだろうかと、お香は声のする路地裏に目を向けた。

二

路地裏をのぞいて見ると、縁台《えんだい》をまたいで座る子どもの背中があった。その脇にも、子どもが二人立っている。さらに、三人ほどの大人が下を向いて縁台に目をくれていた。

「もうちょっと、待ってろ」

縁台に座る子どもの頭の上に、三十を幾らか越したあたりの男の顔が載っている。声は、その男のものであった。

子どもと三十男は、向かい合って座っているようだ。

お香は、その様を見てつぶさに察した。

将棋を指しているかのように見える。

腕を組み、しかめっ面をしているところは、大人のほうが困っているようだ。

「おじちゃん、早くしてよ」

「……早くしてよ」

縁台に座る子どもの言葉尻を追って、女児《おんなご》の声があった。

「まってろって、言ってんだ。うるせえな」

男の怒り声に、子どもたちの声は引っ込む。

「あーん、おじちゃんがおこったー」

泣き声をあげたのは、もう一人のさらなる幼い子どもであった。

「泣くんじゃねえ。分かったよ、もう俺の負けだ」

どうやら男は子ども相手に将棋を指して、負けたらしい。

その様に、お香はうふふと周囲には聞こえぬほどの小さな笑い声を発した。お香も五歳になったころには、大人を相手に将棋を指していた。天才と呼ばれたそのころには、近在ではお香に敵《かな》う大人もなくなり、専門棋士になるため伊藤現斎のもとに預けられた。そんなことが一瞬お香の脳裏をよぎり、思わず笑みが漏れたのである。

しかし、お香の顔から笑顔が消え、そして歪《ゆが》みとなったのは男の発した次の言葉を聞いてであった。

「ほれ、三十文だ。とっとけ」

と言って、巾着《きんちゃく》の中から取り出した銭を数え、盤上にばら撒《ま》く。

子どもが張る賭け将棋を、お香は目にしたのであった。

「おじちゃん、ありがとう」

「……ありがとう」

男に叱られて泣いていた、一番幼い男児が笑いながら言葉尻を追う。

「ちくしょう、笑ってやがら」

悔しさのこもる、男の声音であった。

お香は、少し離れたところから、しばらく様子を見ることにした。

「おまえら三人は、兄弟なのか？」

すると、立って将棋を見ていた男の一人が口を出して、子どもたちに訊いた。

「うん、そうだよ。おいらは、金太《きんた》ってんだい」

「あたいは、お桂《けい》……」

金太は長男で、お桂は長女であろうか。七歳ほどに見える女児は、自分の名におの字の敬称をつけた。

「おいらは、銀太《ぎんた》っていうんだよ」

五歳ほどであろうか、次男と見える幼子が口にする。

「へえ。ずいぶんと、将棋っぽい名前《なめえ》じゃねえか。なあ……」

「ああ、金太にお桂に銀太だってよ」

脇で見ていた男たちが、笑いながら口にする。

お香も、それを聞いてくすりと笑う。思えば、自分の名もそうであったからだ。きっと、将棋好きの親からつけられた名なのだろうと。

子どもたちの素性を大人たちが知らないのは、この界隈に住む子どもではないのであろう。

「よし、今度は俺が相手だ」

兄弟なのかと訊いた男が、一文の鐚銭《びたせん》と四文の波銭《なみせん》が混じった三十文を、盤上で掻き集めている金太に向けて言った。

「……手もち、二十文しかねえな」

巾着の中身を数え、男が困り顔をして小さな声で漏らす。

「まあ、いいか。勝ちゃいいんだからな」

子ども相手であると気をもち直したか、腕をまくって次の対戦男は言った。子ども相手でも容赦はしないと、仕草でもって威嚇する。

「二十文なら、あたいが相手だよ」

お桂と名乗った長女が、長男である金太と席を入れ代わる。

「なんだ、おめえらは賭け銭によって相手が変わるのか？」

「うん、そうだよ。二十文なら、お桂が相手なんだ」

向かい合って座る男の問いに、金太が返した。

やがて駒が並べられ、男とお桂の対局がはじまる。

「おじちゃんからいいよ」

お桂が、男に先手番をゆずった。

「なんだと、おい。野郎のほうが、先手でいいって言いやがら」

「ずいぶんと、生意気な娘じゃねえか」

脇で将棋を見やる傍目《おかめ》たちが、小声で話をしている。

お香はさらに近づき、盤上が見えるところまで来た。お桂の肩越しで、対局を見て取る。

「俺からでいいんだな。負けても泣くんじゃねえぞ」

と言って、男は一手目を指す。七六歩《ふ》と、角道《かくみち》を開ける手であった。

するとお桂は、五二玉《ぎょく》と王様が一つ上がる手を指した。

七六とか五一というのは、縦横に九列ある盤上の位置を示す。先手《せんて》から見て、縦列は右、横列は上から順に一から九までの数で示される。

五二玉とは縦列で五番目、横列で二番目のところに玉将を動かしたことを示す。後手の一手目としては、珍しい指し手であった。

ちなみに、王様をよく見ると『王将《おうしょう》』と『玉将』と記された将棋駒があるが、玉将は下手《しもて》がもつものとされている。お桂は年下なので、玉将を自軍においた。

「……これは？」

のっけからお桂が定石《じょうせき》にない手を指して、お香の首が傾きをもった。

「なんでい、たいしたことはねえじゃねえか」

大概《たいがい》の初手《しょて》は、飛車《ひしゃ》先の歩をつくか、角道を開けるのが常道である。お桂の指す、変わった手筋に、こいつは弱いかと男の顔がほくそ笑んだ。

手が進むうち、見ているお香の顔に真剣味が帯びてくる。

お桂の指している手筋は、無謀とも思えるものであった。

三十手まで手が進んだが、お桂は攻撃の要《かなめ》となる飛車を動かすことなく、逆に自軍に閉じ込める陣形を取った。

相手の男だって、素人にしては弱くなさそうである。

「……そんな相手に、飛車落ちのつもりかしら？」

飛車を使わずに、わざと相手が有利になるようにさせている。お香はその手筋を見て呟いた。

飛車を封じ込めても、ほかの駒で相手の陣地に迫ろうとの肚《はら》か。

「……角と銀《ぎん》と桂馬《けいま》で攻めようとしている」

お香は、すでにお桂の実力を見切っていた。

「お桂とかいったな。そんな手で、俺に勝てると思ってるんか？」

一見して、お桂の雑な手筋に接した相手の男は、まだ本当の凄《すご》さを見抜けていないようだ。

男が、お桂の棋力を目《ま》の当たりにするのは、それから二十手ほど進んだときであった。

相手の陣地に、お桂の駒は攻め入っている。すでに、歩が成《な》る『と金《きん》』が三枚できている。

これで男はたじたじとなった。

「おじちゃん、もう詰んだよ」

子どもから言われれば、腹が立とうというものだ。

「うるせい、黙ってろ。餓鬼《がき》のくせしやがって」

とうとう男は怒鳴り声を発して、お桂を罵倒した。

「うぇーん」

男の大声に泣き出したのは、脇で対局を見ていた銀太であった。

「銀太。そんなことで、泣くんじゃねえ」

長兄の金太が、弟の銀太をたしなめる。

「泣き虫やろうが」

子どもを泣かせたうしろめたさを感じた男は、渋々ながらも巾着を懐から出した。そして、袋を逆さまにすると穴の空いた一文の鐚銭ばかりで、都合二十文を盤上にばら撒く。

「いいから、もってけ泥棒」

雑言《ぞうごん》をお桂に浴びせながら、負けた男が縁台の席を外した。

「誰か、お桂の相手になる人いませんか？」

誰かれともなく、上を見上げて金太が誘う。

「しょうがねえな、餓鬼《がき》を泣かせてやがら。よし、次は俺が相手だ」

すると、別の男がしゃしゃり出てきて言った。

植木屋の印半纏《しるしばんてん》を着た、二十歳を幾らか過ぎたあたりの若い男であった。

「おじちゃん、いくら賭けるの？」

お桂が相手になろうと、若い男に問うた。

「俺は、そんなに強くねえからな……と言って、一文や二文じゃやる気が出ねえ。だったら、十文賭けようじゃねえか」

「十文だったら、おいらが相手だよ」

口にしたのは、末っ子の銀太であった。

「なんでい、一番下かい。おめえはいくつになるんだ？」

「五つ」

銀太は、右手の指を全部開いて言った。

「そうかい……」

五歳の子ども相手ならば俺でもなんとかなると、男は十文の稼ぎに思いを馳せた。

「餓鬼だといったって、容赦はしねえぞ」

若い男はギロリした目で銀太を睨み、萎縮させた。

「あんちゃん、おっかねえ」

泣きべそをかきそうな声で、銀太は兄の金太に訴えた。

五歳といえばお香が、伊藤現斎の弟子になったときである。姉のお桂は、五歳のときのお香と同じほどの実力であろうか。

「……すると、五歳の銀太の実力は？」

いかほどだろうと、お香はそこに興味を抱いた。

縁台をまたいで座っても、銀太の両足は宙に浮く。脚をぶらぶらとさせながら、銀太は盤上に駒を並べた。

駒先が、きちんと前を向いていない。中には、真横にひっくり返ったものもある。

「おい銀太。駒はきちんと並べろと、いつもあんちゃんが言ってるじゃねえか」

「うん、わかった」

金太から戒《いまし》められ、銀太は駒の尻を将棋盤の線に沿って並べた。

「はなからそうすれば、きれいに並べられたのに」

と、姉のお桂からもたしなめられる。

「うん、わかった」

言うと同時に、銀太は一手目を指した。

「おい銀太。どっちが先か、決めなきゃだめだ」

まだまだ、このへんの礼儀は心得ていないようだ。金太に言われ、銀太は一手目を引き戻した。

「かまわねえから、先にやんな」

こんな調子で将棋が指せるのかと、植木職人の若い男は気持ちに余裕をもった。しかし、そんな気持ちが覆《くつがえ》されるのに、さしてときはかからなかった。

「うん……」

と返事をして、銀太は改めて初手を指した。

二六歩と、飛車先を開けるまともな一手であった。

「そうきたかい」

銀太の一手目を見て、若い男は口ずさむとおもむろに、二手目を指した。三四歩と角道を開ける。すると間髪《かんはつ》おかず二五歩と、飛車先の歩を進める。

銀太の手を見て、相手の男はゆっくりと、三三角と上がる。すると相手が指すのとほとんど同時に、七六歩と銀太は角道を開けた。

その後も男が指すのとほぼ同時に、銀太が指す。銀太は相手が指す手に対し、さして考えもせず駒を動かしているように見える。

「ずいぶんと、指すのが早《はえ》えな。調子が狂っちまうぜ」

男は、ぶつぶつと呟きながら考慮する。

「しょうがねえ、金《きん》を上げるとするか」

と言って、金を右斜めに一路上げると、すかさず飛車成りの手を食らった。

「おっ、そいつは待った」

「待ったはだめだよ、おじちゃん」

お桂が、男をたしなめるように言う。

それからというもの、男の陣地は壊滅状態となり、五手ほど進んで銀太に十文を払う破目となった。

三

お香が驚いたのは、銀太の指し手の早さである。

「……早いけど、指す手は正確」

子どもながらの落ち着きのなさを感じるものの、ほとんど間髪を容《い》れずに、相手の手に応じていた。

お香は、幼いときの自分を見ているような心持ちとなった。

しかし、問題なのは銭を賭けての将棋である。

「……あれは駄目」

と呟き、お香は首を振った。

たしかに将棋は強い。だが、そこには銭を稼ぐという邪心がある。その癖を子どものころから覚えては、将棋の道を外《はず》しかねない。

多くの真剣師が辿《たど》った破滅の道を、十歳にも満たぬ子どもたちが歩み出している。

「お桂に銀太、帰るべ」

鐚銭と波銭で懐を重くした金太が、妹と弟に向けて言った。

「うん。あんちゃん、帰ろ」

お桂が、幼い銀太の手を引いて路地から出てきたのを、一足先に表通りに出たお香が待ちかまえて、近づき声をかけた。

「ちょいといいかい？」

「なんだよ、ねえちゃん」

こまっしゃくれたもの言いで、金太が応じる。

「あんたらの将棋を見てたんだけど、ずいぶん強いねえ」

目の前に近づいてみると、子どもたちの着るものは破け放題の襤褸《ぼろ》であった。風呂にも入っていないか、臭いも漂う。

そんな風貌からも、お香はこの三人兄弟にますます興味を抱くのであった。

——なんとかして、この子たちをまともな将棋指しにしたい。

お香は、自らが真剣師であるにもかかわらず、そんな感慨を抱くのであった。しかし、子どもたちの形《なり》を見て、生きるための術《すべ》として将棋を選んだと思われる。これで稼がなければ、その日の食うものにも困るのであろう。

そこからなんとかしてあげなければ、将棋士としての貴重な人材を失うことになるとお香は考えた。

そうなると、まずは子どもたちの素性を知らねばならない。名だけは分かったものの、お香は子どもたちの住んでいるところを知り、親の顔を見たいと思った。

「金太にお桂に銀太というんだろ？」

お香は、改めて名を訊いた。

「うん、そうだけど。人の名を知ったからには、自分の名も言いなよ」

金太が、口を尖らせて言う。

生意気な餓鬼だと、お香は思ったものの、そんな思いはおくびにも出さずに返す。

「そうだったね。あたしの名は香……そうさ、香車の香と同じだ」

「へえー」

銀太が、驚いた表情を示す。

「お香ねえちゃんて言うの？」

お桂が、汚れた顔に笑みを浮かべて訊いた。

「ああ、そうだよ」

お香は腰を折り、子どもたちの目線に合わせて答える。

お香の顔がお桂に向いて、いささか驚く思いとなった。子どもながらにも、お桂の顔立ちはずいぶんよいと感じたからだ。

――ご隠居《いんきょ》様のところに連れてってみようかしらん。

磨けば光るのは、将棋ばかりではないようだとお香はそのとき思った。

お香のいうご隠居とは、千駄木《せんだぎ》の団子坂《だんござか》に住む水戸梅白《みとばいはく》のことである。齢《よわい》六十三になる。梅白とは雅号《がごう》であり、本名を松平成圀《まつだいらなりくに》といい、水戸《みと》の黄門《こうもん》様で知られる水戸光圀《みつくに》は、義理ではあるが曽祖父《そうそふ》にあたる。

そんな梅白は、お香の将棋の弟子でもあった。

だが、やたらと連れていくわけにいかない。まずは親の承諾を得ねばならぬ。

「そうだ、みんなのお家はどこなんだい？」

住処《すみか》から訊きだす。

「…………」

しかし、三人は下を向いたままである。

「お父っつぁんや、おっ母さんはどこにいるの？」

お香がやさしく問うも、三人は首を振るだけであった。

「どうも、おとなしくなっちまったねえ」

「銀坊の齢《とし》は五歳と分かったけど、金坊とお桂ちゃんの齢は訊いてなかった」

「金坊じゃねえやい」

住処と両親のことを訊いたらうつむいていた金太が、顔を上に向けて言った。

「悪かったわね。それじゃ、金太ちゃん……」

「おいらは九つで……」

「あたいは、七つ」

「そうかい、みな二つ違いなんだねえ。それで、将棋は誰から習ったんだい？」

相当に強い者から教わらなければ、たとえ素人を相手にしてもあれだけの手筋は指せないであろう。さもなければ、三人がよほどの天才か何かである。

「ちゃん……」

「銀太は黙ってろ」

たしか、銀太の口から『ちゃん』と漏れた。それを金太は叱って止めた。

「ちゃんて言うのは……」

お父っつぁんのことかいと、お香が訊こうとしたところでうしろが騒がしくなった。

「あっ、この餓鬼たち、まだいやがった」

お香が振り向くと、四人の男が立っている。その内の三人は、金太たちに銭をせしめられた男たちであった。

「くそ面白くもねえ餓鬼どもだ」

将棋に負けた悔しさが、忘れられないようだ。かといって、幼い子ども相手に喧嘩を売るほど卑劣ではないと思いきや、そうでもなかった。

「おめえらが相手にならなかったってのは、この餓鬼どもか？」

上背が六尺近い大男で、鬼のような四角い顔をした男が三人の子どもを見下ろして言った。齢《とし》は四十に近いであろうか。

そんな顔で睨みつけられれば、子どもだったら震え上がる。

「あんちゃん、おっかねえよう」

震え上がった銀太が、金太の背中に隠れて腰紐をつかんだ。

「おい、銀太。ひもを引っ張るんじゃねえ」

金太の懐には、重い大金の入った袋がある。銀太が腰紐を強く引っ張ると、その拍子で結び目がほどけ、ガシャリと音を立てて、袋が地べたへと落ちた。

金太の着物の前がはだけ、小さなちんちんが丸出しとなった。

「おい、だらしねえな、おめえらは。こんなちっこいもんをくっつけた餓鬼に、やられたってんかい？」

「そうなんでい、源三兄《げんぞうあに》い」

六尺近い大男の名は、源三と言った。怪力で鳴らしたような男である。力ずくでは敵《かな》わないと、大概の男どもは源三に一目《いちもく》置いていた。

「どうです、兄い。こいつらと一局指してみては」

銀太を相手にした、若い男が言った。

「そうかい。どれほどのものだか、試してみてえもんだな。おい、俺と勝負するか？」

大人げもなく、源三という大男の顔は真剣であった。

「……この男、もしや？」

お香も、噂《うわさ》で聞いたことのある源三の風貌であった。

名こそ知らないが、鬼のような顔をして六尺近い大男の真剣師がいることを聞いたことがある。

金沢町と相生町は二町とさほど離れていない。そんな男が相生町にいるのを知らなかったとは、お香にとって不思議な思いであった。

「おい、小僧。前にはだけたちっこいもんをしまって、俺と一《ひと》勝負するか？」

「うん、いいよ」

「おまえも、将棋で銭を稼ぐんだったら、その袋のものを全部出さねえか？」

「うん……」

金太は返事をしたものの、源三の威圧に怯《おび》えていた。いくら将棋が強いとはいえ、やはりそこは子どもである。

地べたに落ちた袋の中身を、勝負に負けたらみんなもっていかれることになる。そうなると、今夜のめしにありつけぬ。そんな思いがよぎって、この日初めて見せた金太の怯《おび》え顔であった。

「あんちゃん……」

心配そうな声で、お桂が金太の袖を引く。やめときなとの、思いがこもっている。銀太は目に腕をあて、しくしくとべそをかいている。

「男が一度口に出したんだ。もう、引けはしねえよ」

職人風の若い男が、子どもも相手にけしかける。よほど、五歳の子どもに負けて悔しくてならないようだ。

相手は真剣師に見える。

ならば、どんなに金太が強くても、敵わないのは目に見えている。すでに、対峙《たいじ》したときから勝負はついていると、お香は思った。

「……あたしが引きとめたばっかりに」

苦悶が呟きとなって漏れる。

――なんとかしてあげなければ。

お香の懐《ふところ》には、弥三郎との賭け代としてもっていた一両が入っている。それを元にして、お香はしゃしゃり出ることにした。

「あたしが相手になろうじゃないかね」

「なんでえてめえは。小娘のしゃしゃり出る幕じゃねえ、引っ込んでな」

「子どもの難儀を前にして、口を出さない馬鹿はいないよ」

お香の、御俠《おきゃん》な性格がここで表れる。上背五尺二寸の小柄な体から大男の顔を見上げて、神田生まれの啖呵《たんか》が飛んだ。

「あんた、たしか源三とか言ったね？」

「言ったけど、それがどうした？」

「もしかしたら、あんた真剣師じゃないかい？」

真剣師などとの言葉が、こんな娘の口から出ようとは思ってもいなかった源三の四角い顔の眉間に、一本の縦皺が刻まれた。

「ねえちゃんはいったい誰だい？」

「あたしかい、あたしはお香って言うんだがね」

「……お香？　どこかで聞いたことがあるな」

源三が、首を捻《ひね》りながら考えている。

「……もしかしたら？」

そして、呟きが口から漏れた。

「お香って、まさか『串刺しのお香』ってのは、おめえのことか？」

「そんな名もあるようだね」

お香が、源三から顔を逸《そ》らせ、呟くように言った。すると、これまで強がりを見せていた源三の顔が、幾分歪みを見せた。

「……こいつはまいったな」

神田からは遠い深川と聞こえ、お香が源三の顔を知らなかったのは当然かもしれない。

金太に負けた男が、源三に訊く。

「深川のほうにもですかい。いってえなんでです？」

「この娘の名は、深川《ふかがわ》にも届いているぜ」

お桂に負けた遊び人風の男が、訝《いぶか》しげに声をかけた。

「どうかしやしたかい、兄い」

・

四

「なんですってな、音吉《おときち》。おめえたちはお香って名を聞いたことがねえのか？」

「ありやせんねえ」

金太に負けた音吉という男が、首を傾げて言った。

「だからおめえは、こんなちんぼこがちっちぇえ餓鬼なんぞに負けるんだ」

源三に嘲《あなど》られ、音吉の肩ががくりと落ちた。

「どうなんだい？　あたしと勝負するのかしないのか、はっきりしてもらいたいね」

お香が、源三をけしかける。

「まさか源三さんとやらは、子ども相手じゃないと将棋を指せないって言うんじゃないだろうね」

辛辣《しんらつ》な言葉が、お香から飛ぶ。

「そこまで言われちゃ、相手にならねえわけにはいかねえな。だったら、幾ら賭けるい？」

「一両でどうだい？」

一両と聞いて、源三の顔が再び歪んだ。

「どうしたってのさ？　まさか一両をもってないとでも言うのかい」

返事のない源三に、お香が畳みかけるように言う。

将棋の真剣師となれば、そのぐらいの金はいつも懐にあるのがあたりまえであった。いつ、どこで勝負を挑まれるか分からないからである。

「そうじゃねえ。そんな端《はし》た金で勝負できるけえ」

お香の売り言葉を買って、源三が豪気に出た。

「だったら、幾ら賭けたいってのさ？」

「五両でどうだ？」

「……五両？」

今度は、お香の眉間に縦皺ができた。今ここに、五両のもち合わせはない。

「よし、分かった」

しかし、お香はすぐに表情を元に戻すと、むしろ薄笑いを浮かべて言った。

「五両で相手になろうじゃないかね」

「本気か？」

「ああ、そうやって挑まれちゃ、相手にならざるをえないじゃないか。ところで、言ったからにはあんたは五両をもってるんだろうね？」

一両しか手もちのないお香が、先制を仕掛けた。はったりをかませば、怖気《おじけ》づいて相手が引くだろうと思ったからだ。

しかし、源三は怯《ひる》まず顔に笑みを含ませる。すると――。

「ああ、こいつを見な」

と言って、源三が懐から取り出したのは紫の袱紗《ふくさ》であった。広げると、小判が五枚ある。

「兄い、そいつは……」

「かまわねえさ。もう、あとには引けねえよ」

どうやら源三は、いわくのある金を賭けようとしている。

「その代わりだ、お香。おめえが昔、伊藤現斎の門下であったのは知っている。専門の棋士であったおめえとでは、素人の俺が平手《ひらて》で太刀打ちできるわけがねえ。飛車を落としてはくれねえか」

噂では、源三もかなりの指し手と聞いている。どれほど実力があるか、お香には分からない。五両の勝負をかけてきたのは、飛車落ちならば勝算によほどの自信があるからであろう。

飛車落ちはきついが、お香も今さら引けぬ。

「分かったよ、飛車落ちで相手になろうじゃないか」

あとは野となれ山となれとばかり、お香は不承不承《ふしょうぶしょう》にも応じた。

「おうよ。だったら、路地に入りな。おい吉松《よしまつ》、縁台に将棋の用意をしてくれ」

若い職人風の男は、吉松という名の男であった。

「へい、分かりやした」

と言って、吉松は路地裏に一足先に入っていった。

子どもたちの心配げな顔が、お香に向いている。

「ねえちゃん……」

小生意気とはいえ、そこはまだ九つの子どもである。一両とはどんなものかを知っている金太が、不安そうな顔を上げてお香に向いた。

「心配しなくていいよ。それよりも、おねえちゃんの将棋を見てな」

「うん、わかった」

ぞろぞろと、一同が狭い路地に入り、お香と源三の勝負がはじまる。

十手目まで指して、お香は源三の実力がわずかながらも見えてきた。素人でも、強い部類に入る。

「……飛車落ちではきつい」

誰にも聞こえぬほどの声で、お香が呟く。しかし、どんなにきつくとも、相手に弱みを見せてはならないのだ。

じりじりと相手の駒が自陣に迫ってくる。だが、それがお香の戦法であった。飛車がないので、不利は否《いな》めない。まずは、王様の周りを堅固にし、すきを見ては攻撃を仕掛ける。飛車落ちの常套《じょうとう》手段であった。

お香は、じっくりと相手の攻撃を受けかわし、反撃に移ろうと好機を待った。

だが、なかなか攻撃の突破口が見つからない。

やはり、源三という男は一筋縄ではいかない相手であった。

五十手あたりまできて、お香は次第に焦《あせ》りを感じるようになっていた。

「……強い」

ここまで来れば、相手の力量はだいたい見抜ける。

「王手《おうて》！」

駒音高く、源三は角道の筋で王手をかけた。逃げ方を一つ間違えれば、即詰《そくづ》みとなってしまうほど、お香の王様は危うい状況であった。

――しめた。

だが、お香はこのときを待っていた。

「……やはり、根《ね》は素人ね」

専門棋士ならば、こんな攻め方をしない。もう一手、駒を利《き》かせてから王手をかければ、お香は勝負を投げていたかもしれないのだ。

ようやく訪れた好機であった。この瞬間を逃せば、この将棋は負けである。

お香は、角の道筋に持ち駒である香車の合駒《あいごま》をして攻撃を遮断した。遠く相手の王様を睨んだ、攻撃と防御の、一手で二つの意味を合わせもつ渾身《こんしん》の指し手であった。

それまで早指しであった、源三の手が止まる。どうやら、香車の合駒に気がつかなかったようだ。

賭け金の五両をもたずに博奕将棋に応じたお香であったが、危険は回避できた。

「……また、香車が守ってくれた」

お香は小さく呟き、脇にいる三兄弟の顔を見た。すると、金太の顔が笑っている。

「おや、この子……？」

お香は金太の笑う顔に接して、ふと思うことがあった。

「金太は、分かっているのかい？」

「うん」

と、ひと言で返事をする。香車の合駒が何を意味するのか、分かっているようだ。

しかし、お桂と銀太には、この高等な指し手を理解させるには、あまりにも幼い。

応ずる手に窮《きゅう》した源三は、無理矢理にもこじ開けようとする。角で合駒の香車を払い、駒損《こまぞん》をする。

形勢はこの手を機会に、完全に逆転をした。角を持ち駒として、お香は一気に攻めに転じた。

それから十三手後、源三の肩はがくりと落ちた。

「負けやした」

深々と頭を下げ、負けを認める源三にお香は好感を抱いた。もっと、抗《あらが》うものと思ったからだ。

「ありがとうございました」

お香の、対局後の挨拶は、子どもたちに向けるものであった。

先刻の将棋では、挨拶もせずに一手目を指す。挨拶は将棋道の基本でもある。それを分からせるために、お香も源三に対して深く頭を下げた。

「賭け金の五両だ。もってってくれ」

「兄い、その金は……」

「仕方ねえだろ。負けは潔《いさぎよ》くしねえとな」

同じようなことを、先ほども言っていた。なんとなく、もらいづらそうな金である。

そんなところに気が巡ったが、そこはお香も真剣師である。勝ち負けのけりはきっちりつけないと、相手に失礼である。勝てばありがたくいただき、負ければ潔く払う。

それが、賭け将棋の礼儀であった。

お香は、負たときのことを考えずに五両の賭け将棋に応じた。だが、手元に賭けるもち金もなく勝負に挑んだのは、真剣師としてあるまじき行為である。

「お香さんとやら……」

お香に声をかけたのは、音吉であった。

「なんです？」

「その金のことなんだが……」

懐にしまおうとしていた五両の小判を指して、音吉は言った。

「おい、音吉。今さら、つまらねえことを言うんじゃねえ」

「いや、兄い。これだけは言わせてくれ」

源三の咎《とが》めにもめげず、音吉は突っぱねた。そして、言葉をつづける。

「その銭……いや、その金はなお香さん。兄いがわざわざ深川から出張《でば》って来て作った金だ」

「出張って来て作ったお金とは？」

意味がつかめず、お香が問い返す。

「今、兄いのおっ母さんが患《わずら》っててな。南蛮渡来《なんばんとらい》のいい薬ってのを手に入れるために、神田の金貸しを訪ねて借りて都合した金なんだ」

「おい、音吉。それ以上言うと、承知しねえぞ」

源三は縁台から六尺近い上背を立ち上がらせると、音吉を見下して怒鳴り飛ばした。

「いや、いけねえ。こいつはどうしても、返してもらわなくちゃいけやせんぜ」

それでも音吉はめげずに言葉を返す。

「賭け将棋を生業《なりわい》にする兄いに、深川界隈では金を貸してくれるってのがいねえでな。そこで、俺の知り合いの金貸しに話《なし》をつけたんだ。俺はな、潮五郎《ちょうごろう》一家の若いもんで音吉ってんだ」

音吉が自らの素性を明かして言う。

五

お香には、おおよその筋がこれで読めた。

源三の、おっ母さんの病《やまい》が出ては懐にしまえぬ五両となった。だが、それを戻すとなると、相手の面目《めんもく》を傷つけることになる。

お香はそこで一計を案じた。

「源三さん、この金太と勝負をしてくれないかい？」

「えっ？」

「この五両は、この子どもたちに使ってもらおうと思ってたのさ。さっき、源三さんは金太たちに勝負をもちかけたじゃないかい。だったら、受けられるでしょ？」

「そりゃ、かまわねえが。だが、万一負けたときは俺は金がねえぞ」

「そんときは、あたしが貸してやるさ。月一分の利子でどうだい？」

「ちょっと高《たけ》えけど、いいか」

「よし、だったら金太。ここに座って一局指しな」

お香は立ち上がると、金太に席をゆずった。

源三と金太は向かい合って、駒を並べる。

「飛車落ちにしようじゃねえか」

並べ終わった駒から、源三が飛車を取り除こうとつまんだところに、お香から声がかかった。

「平手で指してくれませんかねえ。この子の本当の力量も知りたいし……」

「ああ、分かった」

と言って、源三は飛車を定められたところに置いた。

その代わり、先番は金太に譲る。

金太が一手目を指そうとしたときであった。

「ちょっと待ちな金太。指す前には『よろしくお願いします』って、挨拶をしな」

「うん。よろしくお願いします」

「よし、それでいいよ。それと将棋を指す前に、金太に話がある」

お香は金太に条件を出す。

「なあに？」

「もし、この将棋に負けたら、おまえたちの住処に案内しておくれでないか」

「うん、分かった」

双方の挨拶が済み、勝負が開始された。

やはり、金太の実力は並のものではなかった。

源三と、対等に渡り合っても土俵際で粘りつく。なかなか腰を割らないというのは、このことだろうか。

源三も、好手《こうしゅ》を放つが、金太の応じ手もすきがない。

一進一退の攻防であった。

「……世の中に、こんな将棋の強《つえ》え子どもがいるんかい？」

呟きが源三の口から漏れる。額にはうっすらと汗が浮かび、路地に射し込んだ西日が当たって、てかりを放った。

「ねえちゃん、おじさんの頭が光っているよ」

言いながら銀太がくすくすと笑う。

「銀太はだまってな」

姉のお桂にたしなめられて銀太は、盤上に気持ちを向けた。

「あれ……？」

盤面を見やる銀太の首が傾いでいる。

「どうかしたのかい？」

お香は腰をおろすと、銀太と同じ背丈になって小声で問うた。

「おじちゃんの王様が詰んでるよ」

お香の耳元で、銀太が小さな声で言った。

「……この子」

傍目八目《おかめはちもく》とはいえ、金太の勝ちを読みきった銀太を、お香は驚く顔で見やった。

盤上に目をやると、十九手詰めの詰将棋となっている。手筋さえ間違えなければ金太の勝ちである。金太あたりの棋力であれば、さしてときもかけずに解けてしまうほどの問題である。

お香には端《はな》から解けている。

だが、課題として出された詰め将棋とは違い、本戦の中で詰将棋と見切るのは難しいものがある。手数が長くなればなるほど、困難なものだ。

金太は気づいているだろうかと、お香は思った。

源三の額のてかりは、その焦りからきているものとみえる。半分は、負けを覚悟しているのであろう。

源三が負ければ、お香の立場も悪くなる。ここは、源三を応援したいところである。金太の棋力は、源三にはまだまだおよばないとした上で、仕掛けたお香の目論見《もくろみ》であったのだ。

だが、実際は互角。いや、金太のほうが優勢に駒を進めている。そして、勝負は大詰めを迎え、指し手さえ違えなければ金太の勝ちが見える局面にまで達していた。

詰将棋となってからの、金太の指し手は正確であった。

七手目までは――。

八手目で源三が王様を逃がし、金太の九手目である。

「あっ、そこ……」

に打ってはいけないと、脇からは口が出せない。

金太の放つ、飛車の王手が一路違った。最後の詰めで角道が塞《ふさ》がれ、王手がかからなくなるからだ。

その一手で、形勢は逆転した。

詰め損なった金太は、それから十八手まで局面が進んだところで投了した。

「負けました」

言って頭を下げた金太の顔は、晴れ晴れとしたものであった。

「……金太、おまえ？」

声には出さず、お香は胸の中で呟いた。

お香には分かっていた。相手に気づかせず、金太は飛車の打つ位置をわざと違えたことを。ただし、そのことは絶対に口に出してはならぬことである。

「ふーっ、たいした餓鬼だ。ありがとうよ」

一つ大きなため息を漏らしてから、源三が金太に向けて頭を下げた。

「はい、おじちゃん。五両……」

にこりと笑って、金太は五両を差し出す。

「おめえ、やっぱり……」

金太の表情に、源三の顔が歪みをもった。

「だったら、受け取れねえな」

源三もやはり気づいていたのだ。子どもにわざと負けてもらっては、男としての名がすたる。

「余計なことをしてくれるぜ……」

これはおれの負けだと、源三は五両をつっ返す。

「違うわ。これは、源三さんの勝ち。金太の負けです」

お香が、口を出して治まりをつけようとする。

「何を言うんだ、お香さん。あんたも気づいていたはずだぜ」

「そうじゃないのよ。あたしも気づいてなかったのが、今分かった。これは、端《はな》から金太の詰みはなかったの」

「どういうことでぇ？」

「いい、ここの手で金太が飛車を打ったでしょ……」

すでに崩された、盤面をお香は元へと戻した。再現は、棋士のお手のものだ。

金太が、飛車を打った場面となった。

「もし、一路うしろに飛車を打っていたとしたら、それで詰みと思っていたらそうじゃなかった」

と言いながら、お香は駒を動かす。

「ほら、五手先で角を合駒にすると、金太の王様に当たるでしょ。だから……」

「そうだったか。俺もその手は気づいてなかった」

「だから、金太の負け。早く五両を懐にしまってくださいな」

ありがとうよと、くぐもる声音を発して大男は懐に五両の小判をしまった。

「これでいいよね、金太」

「うん」

大きな声で、うなずいたのは銀太のほうであった。

「それじゃ、約束だ。あんたらの住処に連れていって」

「うん」

小さな声で、金太がうなずいた。いやいやをしているようにも思える、三兄弟の仕草であった。

暮六ツには、あと半刻もなかろうか。西日がかなり傾いている。

「お香ねえちゃん、早く行こう」

金太が先になって路地から出る。お香は、お桂と銀太と手をつなぎ、両手が塞がれている。

「おい、金太。強《つえ》え将棋指しになるんだぞ」

背中から源三の声が聞こえてきた。

「うん……」

と言って返す金太の声は、鴉《からす》が塒《ねぐら》に帰る啼き声と重なり、源三には聞こえたかどうか。

道はお香が来た順路を戻る形となった。

神田佐久間町から、神田川の堤に出る。

背中に夕陽をあてて、東に向かう。

和泉橋まで、一町ほど来たときであった。先を歩く金太の体がにわかに川のほうに向くと、なだらかに傾斜した土手を降りはじめた。

その先に、お香が通りがかりに見た掘っ立て小屋が建っている。

「……まさか」

こんなところに誰が住んでいるのだろうと、つい一刻ほど前まで思っていた、朽ちかけた小屋であった。

「お香ねえちゃん、こっちだよ」

河原に下りかけたところで、金太が振り向いて言った。

とても家《いえ》とはいえる建屋ではないが、子どもたちの手前お香は気遣って言った。

「あのお家《うち》かい？」

「うん、そうだよ」

子どもながらにも、こんなみすぼらしい住処は見せたくないのであろう。河原を通る風に、かき消されるほどの小さな声でお桂が返した。

「早く、いこ」

銀太は、そんなことに頓着はない。一歩先に進んで、お香の手を引っ張る。

掘っ立て小屋までは、子どもの背丈ほどに延びた雑草の中に、一筋の道が通っている。人一人が、ようやく通れるほどの道であった。

金太を先頭にして、四人が縦一列になって草の道に入った。しんがりにお香がつく。

「誰が、あの家を作ったんだい？」

「ちゃん……だと、思う」

お桂が首を傾げて言った。

もの覚えがつく前から、三人はここに住み着いているのであろう。

「お父っつぁんか。それで、おっ母さんはどうしたんだい」

うしろからお香が問いを投げるも、誰一人として振り向いて答が返るものではなかった。

むしろ、三人の首が前側にうな垂《だ》れたようである。劣悪な環境で育ってきたのは、三人の身形からしてお香でも分かる。それ以上の問いを発することはなかった。

六

近くまで寄ると、小屋の酷《ひど》さは一入《ひとしお》である。ところどころ板は剥《は》がれ、隙間を作っている。大風でも吹いたら、たちどころに吹っ飛んでしまうほどの朽ち果てようであった。

――もう、ひと夏はもたないだろうな。

外から小屋を見回しながら、お香は思った。

これからは、雨季が控えている。屋根は、まともに雨を凌《しの》げそうもない。

「……その前に、この子たちをなんとかしてあげなければ」

思いが、ふと呟きとなって出る。義憤を感じたお香であった。

当然に、建てつけの悪い戸である。だが、金太は慣れているのだろう、一叩き二押しして難なく遣戸《やりど》を開けた。

「お香ねえちゃん、入《へえ》んな」

金太に言われ、お香は敷居を跨《また》いだものの、暗くて中の様子がうかがえない。明り一つない小屋の中であった。

「おい、誰か連れてきたのか？」

奥のほうから、野太い声が聞こえてきた。

声に呂律《ろれつ》が回ってないのは、酒酔いのせいだろうとお香には取れた。

「お父っつぁんかい？」

お香は、小声でお桂に訊いた。

「うん……」

と、お桂が返事をしたと同時であった。

「この、大馬鹿野郎《おおばかやろう》。ここには誰も連れてくるなと言ったじゃねえか。早く帰ってもらえ」

声だけは聞こえてくるが、姿は暗がりの中にあった。板の隙間から射し込む光の筋が一本だけ、男親の姿をとらえている。体が動くたびに、光の筋も歪んで見えた。

「この子たちのお父っつぁんですか？」

お香が、歪む光の筋に向けて声を投げた。

「誰だか知らねえが、あんたからお父っつぁんと呼ばれる筋合いはねえよ」

偏屈な返事であった。

「おい、金太。それよっか、きょうの稼ぎはどうした？」

——父親からけしかけられて、賭け将棋に手を出していたのか。

なんて父親なのだと、お香は憤る。

金太の懐には、音吉たちから稼いだ小銭が入っている。どんな返答をするのかと、お香は怒りを心の隅《すみ》において、黙ってやり取りを聞くことにした。

「おいらが三十文で、お桂が二十文で、そして銀太も十文稼いだよ。みんな合わせて……うーんと……」

金太は将棋は強いが、足し算は苦手らしい。

「……六十文だよ」

お香が小さな声で助《すけ》た。

「六十文になったよ」

どうだと、言わんばかりに金太は稼ぎの額を言った。

「なんでい、たったそれっぽっちか。まあいいから、それをもってきな」

五坪ほどの広さであろうか。その奥に、三人の子どもの父親が寝そべっている。金太が父親のもとに、近づいていった。

外は幾分日の光が残っているものの、小屋の中では三歩も進むと、暗闇の中である。

やがてお香の耳に、ピシャリと何かが叩かれる音が聞こえてきた。

「痛《いて》え……」

「この、うす馬鹿野郎!」

金太の声に、男の怒声が重なった。

「これっきしの稼ぎで、威張るんじゃねえ。酒も買ってきやしね」

お香の耳に聞こえた音は、金太の頬に父親が平手打ちを食らわせたものであった。

「子どもに何をするんです!」

お香はいたたまれずに、大声を小屋の奥に飛ばした。

「なんだいあんた、まだいたのか? 俺んちのことだ、余計な口出しはしねえでくれ」

「口出しをするなってね、言うほうに無理があるんじゃございませんかね。稼ぎが少ないからといって、子を叩く親がどこにいます」

御侠な啖呵がお香の口から飛び出す。

「さっきから、余計なことは……」

「ええ、言わせていただきますとも。こんな真っ暗な中で、子どもたちを育てるなんて親ではなくて、まるで鬼か蛇だとしか思えませんよ。しかも、子どもたちに賭け将棋までやらせて」

心の隅においておいた憤慨が、お香の口から吐《つ》いて出る。

「言いてえことをさっきからくっちゃべってるようだけど、いってえあんたはどこの誰なんでい？　人んちのことに、いちいちちゃもんをつけやがって。そうだ、お桂……」

「なあに、おっ父う……」

「行灯《あんどん》に明りをつけな」

「うん、分かった」

どうやら、行灯の一つはあるらしい。ならば、早くつければいいのにとお香は思った。

やがて行灯に灯が点《とも》り、小屋の中がぼんやりと明るみをもつ。

簀《す》の子のような板を張り渡した床に、莚《むしろ》が敷き詰めてある。茣蓙《ござ》が幾つか重なっているが、それがみんなの寝床であろう。

家財道具といったものは、何も見あたらない。

——こんなところで、どうやって生活をしているのだろう？

お香は不思議に思うばかりであった。

一番奥に人が横たわっているのが、お香の目にはっきりと映った。それが、三人の子の父親である。

一升徳利が転がり、それが男の顔を隠している。

父親は徳利をどかし、顔をお香のほうに向けた。

顔面が髭《ひげ》で覆われ、面相《めんそう》は分からない。しかも、伸び放題のぼさぼさ髪である。人が転落の挙句《あげく》にたどり着く、なれの果てとはこういうものかと、お香はしみじみと感じていた。

「なんでい、小娘じゃねえかい。どうして、おめえみてえなのがこんなところに来たんで？」

「この子たちの、親の面《つら》を見にさ」

お香の憤りは、このとき頂点に達していた。子の親とは到底思えない男に、憎悪すら感じている。

「俺の面を見て、どうしよってんだ？」

「ここにはどうやら親というのはいないようだね。今、俺の面って言ったけど、あんたなんか、とても親と呼べる代物《しろもの》ではないよ。親ってものは、もっときちんとしているものだと思うけどね」

辛辣な言葉が、お香の口からこれでもかとばかりに飛び出す。

子どもたち三人が、一つところに集まり父親とお香のやり取りを聞いている。親に対するお香の憤慨《ふんがい》に、子どもたちの不安そうな目が向く。

「おっ父うのことを、叱るな！」

すると、金太の、父親を庇《かば》う怒声がお香に飛んだ。

「……叱るな！」

言葉尻を銀太が追った。

「えっ？」

金太と銀太のもの言いが、お香には意外に思えた。これほど悲惨な生活を余儀なくされて、それでもけなげに父親を庇っている。

子どもたちの怒りの矛先はお香に向いている。だが、お香はそれに怯《ひる》むことはなかった。お香には、含む思いがあったからだ。

——この子たちを、こんなところで埋《うず》めさせてはならない。

子どもたちの将来を、お香が思いやったときであった。

「……しょうがねえじゃねえか」

「えっ、今なんて？」

父親の、投げやりとも思える呟きがお香の耳に入った。

「しょうがねえじゃねえかと言ったんだ」

「しょうがないって……それは、人がどうすることもできなくなって、最後の最後に口にする言葉だよ。滅多やたらと男が口にするものではないわ」

「なんだい、ねえちゃん。ずいぶんと、利《き》いた風な口をきくじゃねえか。出しゃばりやがって、いってえおめえは何もんだ？」

「あたしかい。あたしゃ、お香っていう……」

者だがと、言おうとしたところで父親の言葉が重なって聞こえた。

「ちょっと待て」

「なんですか、他人《ひと》の言葉を途中で遮《さえぎ》って……」

「今、お香と言わなかったか？」

「ええ、言いましたが、それが何か？」

男の問いを、お香は訝しく感じ、声音を落として訊いた。

「お香ってのは、どういう字を書くんで？」

「香りの香ですが……」

「やっぱりそうかい、お香ってか。だったら、それを言うなら香車の香と言ったほうが、似合うんじゃねえかい」

お香のことを知っているような、男の口振りであった。

「あたしのことを……？」

知ってるのかいと、お香はみなまで言わず自分の鼻に指先を向けた。

「ああ……」

ふっと、漏らすような男の声であった。

このあたりから、三人の子どもの父親の口調は穏やかなものとなってくる。

七

――いったい誰？

あたしの知っている人かと思うものの、声には覚えがない。

ぼんやりとした行灯の明りの中にある、髭面をお香はまじまじと見やった。しかし、横面《よこづら》はぼさぼさに伸びた頭髪に遮られ、顔面は髭だらけである。目だけでは、人相は知れぬ。

子どもたちの、指し筋からして将棋にかかわる男だとは知れる。だが、名までを思いたどることは、お香はできずにいた。

「ずいぶんと、大きくなったなあ」

感慨のこもる、男の声音であった。

「えっ？」

男の言っていることが、お香はすぐには悟ることができなかった。

「名を聞いて、ようやく思い出したぜ。それまでは、どこかで見た顔だと思ってたがな。だけど、最後に顔を見たのは十年も前のことだ。とっくに、脳味噌の中に溶けちまってるぜ。姿を見たってすぐに思い出せねえのは無理もねえ」

そこまで言って、男は言葉を止めた。

「たしかお香がまだ八歳だったかな」

お香と、呼び捨てで言う。

「俺はうっかりと賭け将棋に手を出し、伊藤現斎先生から破門されてな……」

そこまで聞いて、お香は微かに残る記憶をたどっていた。顔を上に向けて、記憶の糸を手繰《たぐ》り寄せる。

破れた屋根の隙間から、宵《よい》の明星《みようじよう》が茜色《あかねいろ》の空に浮かんでいる。

「……一番星」

お香の口から呟きが漏れた。

「もしかしたら、一番星の兄《あに》さん？」

「昔は、そんな名で呼ばれてたこともあったな」

「本当の名は銀四郎《ぎんしろう》兄さん……」

「よく、思い出してくれたな、お香」

思わぬ再会であった。

銀四郎はお香より十歳上の兄弟子《でし》で、当時は一緒になって伊藤現斎の下で修業を積んでいた。

銀四郎の異名である『一番星』とは、現斎の弟子の中でも一番将来を嘱望されて、ついたものであった。

だが、お香が八歳になったとき、銀四郎は急に現斎の下から姿を消した。その理由《わけ》を知ることなく、お香は今日《こんにち》まで至る。

兄弟子の銀四郎には、一方《ひとかた》ならぬ恩義があったのをお香は覚えている。女であるにもかかわらずお香の将棋の実力は、並みいる兄弟子たちを見る間に凌ぐものとなっていた。そのため、妬《ねた》み嫉《そね》みを買うことになった。

ずいぶんと、悔しい思いをさせられた。まだ、幼かったお香に浴びせられた虐《いじ》めは、耐え難いものがあったが、そのとき励ましてくれたのが一番星こと、銀四郎兄さんであった。

銀四郎の、髭の奥に隠れている素顔を見れば、お香はすぐに気づいていたはずだ。

「兄さん……お懐《なつ》かしゅうございます」

面影を思い浮かべると、お香は土間にしゃがみ込み、銀四郎に向けて両手をついた。そして、深々と頭を下げる。

「そんな恰好はやめな、お香……」

銀四郎の、くぐもる声であった。

「お香には、こんな形《なり》を見せたくなかった。将棋士銀四郎の、なれの果てだからな」

苦渋がこもる、銀四郎の声音であった。

「まあ、たしかに酷《ひど》い生活。でも兄さん、なぜにこんなかわいいお子たちを……」

「兄さんと呼ぶのはよせ、お香」

「ならば、なんと？　やはり、銀四郎兄さんと呼ばせてくださいな」

「まあ、好きなようにしろ。それにしても、どうして子どもらと知り合ったんだ？」

「ここから少し行ったところの、相生町の路地で……」

お香は、金太たちの賭け将棋の一部始終を銀四郎に向けて語った。

「そうだったのか。それにしても、奇遇なことがあるものだ」

銀四郎が、現斎のもとを去ってから十年の歳月が経った。お香も、恩義のあった銀四郎の、その後のことをときたまではあるが気にかけていた。

梅の花が咲いていた、まだ春先のころ。お香は、藩主同士が領地を奪取し合う賭け将棋に巻き込まれたことがある。そのとき対峙したのが、同じ門下にいた兄弟子の長《ちょう》七《しち》という男であった。

その長七の口から銀四郎の名が出たのを、お香は思い出した。

「長七兄さんが……」

お香は、そのときの経緯《いきさつ》を語ろうと口にする。

「ああ、長七か。あいつのことなら、聞かなくてもいい」

銀四郎は、首を振ってお香の語りを止めた。

「長七のことはどうでもいいけど、どうだ？」

「どうだって、何がです？」

「こいつらの、将棋は？」

小屋の隅で、三人固まってお香と父親のやり取りを聞いている。にわかに穏やかになった話しぶりに、不思議そうな表情を向ける三人であった。

「もったいないです」

「もったいないとは？」

「あんな、小博奕将棋なんぞに身をやつれさせては……」

だから、子どもたちに案内させて親に会いに来たのだと、お香は言った。そして、さらに言葉をつづける。

「どんな酷い暮らしをしているのか、親の顔が見たくて」

「こんな、酷い暮らしで悪かったな」

「あたしに謝らないで、金太とお桂、そして銀太に謝ってください」

「こいつらの名を知っていたのか？」

「一度聞いただけで、すぐに覚えました。なんてったって……」

「お香と同じような、名のつけ方だったからな。そういえば、お香の名をなぞってつけたのかもしれない」

「そうでしたか。まるで、弟と妹ができたみたい」

お香の顔は笑みとなって、緩みを見せた。だが、それはつかの間であった。

「そういえば、この子たちのおっ母さんは？」

「ああ……」

と言ったきり、銀四郎は口ごもった。

しばらくの、沈黙が小屋の中にあった。

「くっ、くく……」

すると、金太とお桂の嗚咽《おえつ》が小屋の中でこもった。銀太を見ると、平然としている。

「泣くんじゃねえ、金太とお桂」

銀四郎が、嗚咽を漏らす二人の子どもをたしなめる。

「おっ母さんて、なに？」

お香に訊いたのは、銀太であった。

「銀太は、おっ母さんのことを知らないのかい？」

「うん、おいら知らねえ」

明るい声で答える五歳の銀太に、お香は袂《たもと》で目尻を拭った。

「いったい、どういうことなんです？　銀四郎兄さん」

　お香の問いに幾分かの間を空け、おもむろに銀四郎が語りはじめた。

「銀太を産んで、半年ぐれえして奴は飛び出していきやがった。ああ、三人の子どもを残してな。だが、書き置きは一つも残してやしねえ。風の便りじゃ、男とどこかにしけ込んだらしい」

　悔恨のこもる銀四郎の語りがつづく。

「金太が数え五つで、お桂はまだ三つだったか。この二人はお咲《さき》……こいつらのおっ母の名はお咲って言うんだがな、いくらかでもおっ母のことを覚えているんだろう。だが、銀太はまだ生まれたばかりの乳呑児《ちのみご》だ。飲んだ乳の味すら覚えてはいねえよ」

　あまりの貧乏に耐えかね、母親であるお咲は男を作って出ていったという。

「それ以来、男手一つで育てたものの、俺のほうが疲れちまった。酒びたりになってな、今じゃ立つことも座ることもできやしねえ」

「兄さんは、あたしより十歳上。まだ、二十八でしょ。やり直しはいくらでも利くんじゃありません？　あたしの知っている爺さんなんか齢《よわい》六十三で、まだ矍鑠《かくしやく》としています。それから比べたら、兄さんなんてまだまだ……」

　はるかに若いだろうと、お香は、水戸の梅白を引き合いに出して言った。

「いや、お香。齢《とし》なんかじゃねえ。人ってのは気持ちのもち方で、いくらでも変わってくらあ。駄目だと思ったら、どこまでも落ちていくし、踏ん張ろうと思えば立ち直ってもいける。俺にはもう、踏ん張ろうなんて気力が残っちゃいねえんだ」

「そんな、兄さんともあろうお方が気弱な」

お香の励ましにも、銀四郎は首を振る。

「いや、もう体がいうことを利かねえんだ」

「すると、もしや兄さんは……」

「こいつらの前では言いたくねえ。お香、その先は訊かねえでくれ」

銀四郎の命は、長くないものとお香は思った。

「……兄さん」

伊藤門下にいたときは、たった一人お香に優しかった兄弟子が、今これほどの苦難を強《し》いられている。

お香は、銀四郎の苦難に対して、最善の手を模索した。

「お香。俺のことは考えんでもいいぞ。それよりも、俺がこいつらに残してやれるのは、将棋の腕だけだ。さっき、金太のことを引っ叩いただろう。そうでもして強くさせてやらねえと、こいつらはすぐに行き倒れてしまう。将棋さえ強くなれば、どこでだって食っていける。そんなんで、こいつらにはつらく当たっているんだ」

「そういうことだったんだ。ごめんなさい、余計なことを言って」

銀四郎の本音を垣間見たお香は、素直に頭を下げた。

「しかし、銀四郎兄さん……」

それがここにいる子どもたちにとって、よいことかどうかは、お香からすれば疑問の残るところであった。そして自分の思いの丈《たけ》を、お香は銀四郎に告げることにした。

「この子たちを今から真剣師なんかにさせて、どうするんです？　博奕打ちの末路は、ここにいる兄さんを見ていればよく分かります。あたしだって今、賭け将棋を生業としていますが、やはり末が心配。……いや、それよりも今日、この子たちは大人相手に勝負をして、危ない目にあったのですよ」

お香はまくし立てるように、一気に語った。銀四郎から、どのような応えが返るか分からない。言葉を止めて、銀四郎の語りをお香は待った。しかし、銀四郎からの返しはない。

いつしか、板の隙間から見える小屋の外は暗くなっている。

「もう、帰らなくては……」

これ以上いては、夜道となる。月が明るいものの、やはり娘の一人歩きは怖い。

銀四郎の答が聞けずに、お香は蓙から腰を浮かした。

「もしよかったら、銀四郎兄さん。この子たちのことは、あたしにも考えさせていただけますか？」

恩義になった、銀四郎の子どもたちである。お香は、金太にお桂、そして銀太のために一肌脱ぐことに決めている。

「ああ……」

銀四郎からの返事は、短いものであったが、それは承諾を意味する答であった。答が短いのは、どうしてよいのか言葉が見つからないのであろう。

「でしたら銀四郎兄さん、あしたにでもまた来ます」

今のお香にも、この子たちをどうしようかとの答が見あたらないでいる。

「ここはひと晩、お互いにゆっくり考えたほうがよいと思います」

「ああ、そうだな」

やはり、銀四郎の返事は短いものであった。

「お香ねえちゃん、帰っちゃうの？」

立ち上がったお香に、銀太が訊いた。

「うん、お外が暗くなっちゃったから。あした、また来るからね」

「ねえちゃん、あしたまた来てくれるって」

「よかったね、銀太」

七歳にもなれば、脇で聞いていて話の内容も分かるのであろう。自分たちのことを、父親の銀四郎とお香が語っている。これから自分たちはどうなるのだろうとの、不安が子ども心にもよぎったような、お桂の口ぶりであった。

第二章　一分の意地

一

翌日の朝——。

お香は山下町の将棋会所に、席亭《せきてい》の左兵衛《さへえ》を訪ねることにした。

左兵衛は、お香が五歳のときに伊藤現斎の内弟子になるための、取り成しをしてくれた男である。もう、五十歳を幾らか超えた齢《とし》になっている。

朝の五ツでは、まだ会所の障子戸は閉まっている。

「早く来すぎたかしら」

独りごちながら、お香は『将棋会所』と、油障子《あぶらしょうじ》に書かれた遣戸《やりど》を叩いた。朝が早かったのは、一刻後の四ツに千駄木は団子坂にある、梅白の寮に行かなくてはならないからだ。それまでに、席亭の左兵衛にきのうのことを耳に入れ、意見を訊《き》きたいと思い訪ねたのであった。

遺戸を二、三度叩いたところで、中から初老の男の声が聞こえてきた。

「まだ、会所ははじまっちゃいねえよ」

席亭の、左兵衛本人の声であった。

「ごめんなさい、朝早くから……」

「おっ、その声はお香か？」

「左様です。お席亭にお話がありまして……」

「ちょっと待ってろ、今開けるから」

中でつっかい棒を外《はず》す音がする。やがて、ガラリと音がして腰高障子《こしだか》が開いた。

「どうしたい？　ずいぶんと早《はえ》えじゃねえか。こんなに朝早く来たって、将棋の相手はいねえよ」

白髪が勝った頭髪と、顔に刻まれた皺《しわ》がお香の目の前にある。年輪を重ねた男の、頼りがいのある顔であった。

左兵衛ならば、話を聞いてくれるとお香は思った。

「ですから、将棋を指すのではございませんで……」

左兵衛相手だと、お香の口調も変わる。子どものころから、お香が頭が上がらないのは、親以外には師匠の伊藤現斎と、この左兵衛だけであった。

「そうか、話があるとか言ってたな。なんだい、その話ってのは……？」

「お席亭は、将棋の強い三人兄弟ってご存じですか？」

「将棋の強い三人兄弟だと？　そりゃ、世の中にはいっぺえいるだろうよ。たとえば、大橋宗達《おおはしそうたつ》、宗円《そうえん》……」

「いえ、そんな立派な将棋指しでなく」

「立派な将棋指しじゃねえというと……心あたりがねえな」

左兵衛は、さして考えもせずに答えた。

お香としても、こんなところで問答をしている暇《ひま》はない。

「いえ、その三兄弟というのはですね……」

今度は、金太たち三人の風貌を交えて訊いた。

左兵衛に遠回しで問うたのは、どれほど知れ渡っているかをお香としては知りたかったからである。

「ああ、その三兄弟か。聞いたことがあるけど、そんな近くにいたのか。そいつは、知らなかった」

「お席亭でも、詳しくは知らなかったのですか？」

金太たち三兄弟の実力を見たお香は、きのうから不思議な思いにとらわれていた。あれほどの子どもたちを、将棋を生業としている左兵衛もお香も今まで知らなかった。しかも、そんな子どもが五町ほど離れたところにいたということも。

「どうして、今まで分からなかったのかしら？」

「それはだなお香、こういうことさ。子どもに負けた奴らが、何も語らなかったからだろうよ」

将棋のことに関しては、知らないことのない左兵衛である。賭け将棋をした者たちの、心の内を読んで言った。

「そうだろう、お香。ただでさえ、賭け将棋はご法度《はっと》だ。隠れて、こっそりとやるもんだ。そこにもってきて、年端《としは》もいかねえ子どもに負けて、大の大人が銭をふんだくられたとあっちゃ、どの面を見せて歩ける？　肚《はら》ん中に収めておこうってのがあたりめえだろ」

そう言われれば、お香にも覚えがある。五歳のときの記憶を引っ張り出した。

「……あのとき」

五歳のお香に負けた男が、翌日からぱったりと将棋会所に顔を見せなくなった。そのとき左兵衛の言った言葉がある。

「――やつは子どもに負けたのがみっともなくて、来られねえんだろ」

素人ながらも腕に自信のあるやつは、鼻っ柱が強い。そこにもってきて、博奕が絡んでたとあっちゃ、うなずけるとお香は思った。

「それで、その子どもたちがどうしたっていうんだ?」

子どもたちの噂はさておいてと、左兵衛はお香の話を先に進めさせた。こんな訊き方をするのは、左兵衛も子どもたちに興味を抱いたからだと、お香は取った。

「きのうのことですが……」

お香が、三兄弟と知り合ったところから、その腕前までを左兵衛に語り聞かせた。

皺の多くなった顔に、さらに眉間に皺をよせてお香の話を聞いている。

「それで、住んでいるところが神田川の河原……」

子どもたちの形《なり》と、住処までを語ったところで、左兵衛が口を挟んだ。

「あの、掘っ立て小屋に住んでるのか?」

「はい、そうです」

しかし、一つだけお香は左兵衛に話さぬことがあった。それは、兄弟子であった、銀四郎のことである。名だけは、伏せてお香は語った。

「父親《てておや》が病弱で、母親は男と駆け落ちしていないのか。酷《ひど》い話があったものだ。ん……？」

話をしている最中に、左兵衛の首が傾いだ。

「ところで、お香。その子どもたちってのは、誰から将棋を教わったのだ？　おそらく父親だと思うけど、そんな強い子どもに仕立てられるんなら、父親も相当な腕なんだろう。あっ、そうかお香、おまえその父親ってのを誰だか知ってるんだな」

「さすが、お席亭。読みが深いです」

ここまでつっ込まれれば、お香としては語らないわけにはいかない。

「その子たちの父親ってのは……」

お香は、銀四郎との兄弟弟子であったときの古縁をもち出し、左兵衛に語った。

「なんだと、父親ってのは一番星のことか？」

「一番星って、よく分かりましたね」

「伊藤現斎先生のところにお香を世話したのは、この俺だぜ。そこの、一番弟子だった男を知らねえでどうする。たしか、名は銀四郎とかいったな」

「左様です」

「ずいぶんと前に、現斎先生のところを破門になっていたと聞いてたが……今じゃ、そんなところに住むほどに落ちぶれていたのか」

「金沢町とは近くですが、あたしも気がつきませんでした。あんなところにいたとは……」

お香が、感慨無量の面持ちで言った。

「酒が祟《たた》ってか、今では起き上がることもままならず、お若いのに……」

寝たきりだと、言おうとしたところで左兵衛の言葉が重なる。

「そうか。酒びたりとなって、それで病にまで冒されたか」

腕を組んで、左兵衛は考える。「うーむ」と一つ、鼻から息を吹き出して唸り声を上げた。それからしばらくして、左兵衛の顔がお香に向いた。

「お香、その三人をここに連れてきてくれねえか」

「はい。あたしももとより、そう思っておりました。それで、お席亭にご相談をと……」

もちかけたのだと、お香の目も輝く。

お香は、一晩考えて、ここは席亭の左兵衛に相談するのが一番だろうと考えた。左兵衛ならば、お香を伊藤現斎と結びつけたように、しかるべき師匠のところを紹介してくれると取ったからだ。

「とりあえず、子どもたちの力量を見てみようじゃねえか。もっとも、お香のお墨つきだったら間違いはねえだろうがな。それに、一番星の血筋であったとなりゃ放ってはおけねえしな」

折りをみて、相性のよさそうな師匠を探してやろうと左兵衛は言った。

席亭の同意を取りつけ、お香は梅白のもとへと、指南将棋に向かうことにした。

お香は、千駄木にある水戸梅白の寮に向かう道々考えていた。

下谷《したや》広小路から三橋《みはし》を渡り、不忍池《しのばずのいけ》沿いを歩いて行けば、半刻もかからない。その間にも、兄弟子銀四郎の身のおきどころをと――。

子どもたちのことは、席亭の左兵衛にまかせておけば、身の振り方は考えてくれる。だが、銀四郎をあのままにしておいてはいけない。

「ここは、ご隠居様を頼るとするか」

そうしましょうと、お香は独りごちると脚《あし》を幾分速めた。

千駄木は、団子坂の勾配を登る途中に水戸梅白の寮がある。

風流人が好むような数奇屋造りの門を、いつものようにお香は勝手知ったる家とばかりに引き戸を開けると屋敷の中へ入った。

「ごめんください……」

玄関の遣戸を開け、奥へと声を飛ばした。

「おお、お香来たか。ご隠居がお待ちかねだぞ」

玄関先に出てきたのは、梅白の付き人の片方である森脇虎八郎《もりわきとらはちろう》であった。

梅白の部屋に入ると、すでに将棋の駒が盤上に並べられている。

「お香、待っていたぞ」

白い髭《ひげ》を顎《あご》に蓄えた梅白が、機嫌のよい声をお香に向けた。

「今まで、竜さんを相手にしていたのだが、あまりにも弱いのでな、気が抜けていたところだ」

竜さんとは、もう片方の付き人佐藤竜之進《さとうりゅうのしん》のことである。

「左様でございますか。それでは今度はあたしがお相手しましょう」

すでに盤上に並べられている駒から、お香は飛車と角行そして、両側にある香車と桂馬をすべて取り払った。

歩と金将銀将だけで王様を守る布陣である。

それだけ駒を落としても、梅白はお香に勝てるのは十度に一度ほどのものであった。三度つづけてお香が負けたなら、桂馬を一つ加えるという取り決めをつけていた。

「……少し腕を上げたかしら？」

　十手ほどを指して、お香は呟きを漏らした。

「何か言ったか？」

　梅白は声を拾ったものの、言葉の中身までは聞こえてはいないようだ。

「いいえ、なんでもありません」

　と返しつつ、お香は次の一手を考慮する。

　梅白相手に、お香が長考に入るのは珍しい。相手に考えさせる手を指したということは、強くなった証《あか》しでもある。

「どうだ、お香。わしも幾らか腕を上げたであろう？」

　盤を見つめるお香に、梅白が話しかけた。

「ええ、ずいぶんと……」

「そうか。竜さんに虎さん、お香から珍しく褒められたぞ」

　相好《そうごう》を崩し、梅白は脇にいる竜之進と虎八郎に話しかけた。

「よかったですな、ご隠居」

　梅白としては、何よりもお香に褒められるのが嬉しいようだ。

「きょうは、うまいものでも食しに行くとするか」

さらに梅白の機嫌は、上々となった。

「左様でございますな。久しぶりに、鰻《うなぎ》なんぞ……」

虎八郎が、上機嫌に言葉を添えた。

二

結局お香はこの将棋と次の一局を失い、梅白に連勝をもたらせた。

「どうだ、まいったかお香。もう一番で、桂馬がおけるな」

図に乗るなと言いたいお香であったが、そこは堪《こら》えた。

「はい、だいぶ腕が上がりましたようで……」

有頂天の梅白に、お香は頭を下げると梅白の機嫌は絶頂に達した。

「鰻も特上といくか、虎さん……」

「それがよろしいかと思います」

虎八郎も、すかさずに応える。

何ごとでも頼みごとをするときは、こんな上機嫌に乗じたほうがよい。

ここが機会と、お香は相談をもちかけることにした。

「それでは、きょうの指南将棋はこれぐらいにして……」

「鰻でも食しに行くとするか」

お香の言葉を梅白がつづけた。だが、お香の言いたいことは、別のことである。

「鰻はあと回しにして、ご隠居様にご相談が」

「なんだ、食い意地ではなく相談ごとか？」

「はい、折り入って……」

「お香の相談ごとなら、そんなにかしこまらないでもよいぞ。金のことか？」

やはり機嫌よく聞いてくれると、お香は思った。

「ありがとうございます。ですが、お金のことではなく……」

お香は、指南役から一介の娘となって言葉を切り換える。

「だったらどういうことだ、その相談ごとというのは？」

「人ひとり、面倒をみていただきたいのですが」

お香は、のっけから切り出した。

「人ひとり面倒をみる？　いきなり言われてもなあ、竜さん虎さん分からんよのう」

梅白は、脇に座る竜之進と虎八郎に問いをぶつけた。

「左様で」

「なんのことか、さっぱり」

竜之進と虎八郎が首を振って、応じる。

「ですから、わけはこれから話しますので」

「ならば、そのわけと申すのを聞こうか」

お香は、銀四郎とその三人の子どもの現状を、四半刻ほどかけて漏らさずに語った。

「ということで、なんとかして銀四郎兄さんを助けてやりたいと……」

お香は語りをここで止めて、梅白たちの反応を待った。

「なるほどのう。そんなことならお安いご用だ。ここで養生をさせたらよかろうて、何も遠慮することはない。こちらとしても、将棋の指南を頼めるからの。と、言いたいところだが……」

すんなりと応じてくれると思ったが、そう簡単にはいかぬようだ。

「いかがであるか、竜さんと虎さんは？」

男ひとりの面倒をみるということは、竜之進と虎八郎の手を煩《わずら》わすことにもなる。

梅白は、付き人である二人に意見を求めた。

「手前は、ご隠居のお考えになるままで。やれと言えばやりますし、やらぬと言えばやりません」

竜之進が、どっちつかずの答を出した。口調の裏に、面と向かっていやとは言えぬ、面倒臭さそうな思いが感じられる。

「なんだ竜さんの、そのもの言いは。それで、虎さんはどう思う?」

「まったく、竜さんと同じで。ご隠居の、お好きなように……」

反対しても、梅白の口振りからして、行き着く答は見えている。どうせ我《が》を通す梅白である。ならば、答はどっちつかずでもかまわないというのが、竜之進と虎八郎の考えであった。

「よし、二人の気持ちは分かった。それではお香……」

「はい」

梅白の答がこれから出る。お香は、居ずまいを正して次の言葉を待った。

「あしたにでも、連れてきなさい」

梅白からの返事は、そのひと言であった。梅白の言葉を受けて、竜之進と虎八郎は小さくうなずきを見せた。

「ありがとうございます」

お香が、梅白に向けて畳に両手をついたのは、これが初めてのことであった。

「手を上げなさい、お香。そんな大層に礼を言うことでもない。ならば、これから鰻を食しに行くとするか」

梅白の、機嫌をよくしてあげてよかったと、つくづく思うお香であった。

下谷広小路の『うな膳』で、特上の鰻の蒲焼を食し、店を出たのは昼八ツごろであった。

店の前で梅白たちと別れたとき、お香の手には大きな風呂敷包みがぶら下がっていた。

鰻めしのお重が四段、風呂敷に包まれている。銀四郎と、その三人の子どもたちへの土産《みやげ》として、お香が梅白にねだったものである。

お香に将棋で連勝した梅白の、ご機嫌のよさは、別れるまでずっとつづいていたのであった。

「……喜ぶかしら」

金太、お桂、そして銀太の喜ぶ顔が脳裏をよぎる。おそらく、こんなご馳走はしばらくぶり……いや、初めてのことかもしれない。

早く行ってあげようと、お香の気持ちは急《せ》いた。

四人の親子が住む掘っ立て小屋は、春風の中に揺らいでいた。よく見れば、ひと夏もつどころではない。もう少し強く風が吹けば、倒れてしまうほどの朽ちかけ方である。

「もう、ここにいては危ない」

小屋の様相を目にすると、口にしながら堤を下った。

腰ほどまでに伸びた雑草を、分けて小路ができている。昨夕は三人の子どもたちと通ったが、この日はお香ひとりである。まさか、目前の掘っ立て小屋と縁があるとは、きのうまでは思ってもいなかったことだ。

お香は破れ戸の前に立つと、空いている片方の手で開けた。しかし、お香の力では一寸ほど戸が動くものの、その先が進まない。

「お香ねえちゃんですか？」

中から聞こえてきた声は、金太のものであった。

「そうよ、開けてちょうだい」

無理に開ければ、手を挫《くじ》いてしまうと、金太に任せることにした。

中からトンと一叩きする音がし、ギシギシと二押しする音が聞こえようやく戸が開いた。

遣戸が開くと、中に三人の子どもが横並びになって立っている。お香の来訪を待ち焦がれていたようだ。

「お姉ちゃん、いらっしゃいませ」

お桂が、娘らしい挨拶をした。

「おいら、ねえちゃんが来てくれてうれしい」

銀太が、顔面一杯に喜びをあらわにした。

「お土産をもってきたよ」

お香は、手にぶら下げた重そうな風呂敷包みを差し出した。それを銀太が受け取ろうとする。

「銀太には重いかねえ。これは金太がおもち。そして、お父っつぁんのところにもっておいき」

「うん、分かった」

と言って、金太は両手で抱えるように風呂敷包みを受け取った。

「なんか、いい匂い」

お桂と銀太が、風呂敷に鼻を近づけ匂いを嗅いでいる。

ほとばしる香りは、鰻の蒲焼の香りである。ぐーっと誰かの腹から、虫の鳴く音が聞こえてきた。

小屋の中に、破れた板の隙間から昼の明るい光が射し込んでいる。小屋の中は、夕方よりも明るさを感じる。行灯がなくても、小屋の奥まで見通すことができた。

金太が、寝ている銀四郎の枕元に風呂敷包みを置いた。

「なんでい、これは？」

「お土産と思いまして……」

銀四郎の金太に向けた問いを、お香が遠くから返した。

「なんだ、お香が来てたのか」

「はい……」

「風呂敷の中身は、鰻か？」

「ええ、そうです。みんなして食べてもらおうと思いまして」

お香持参の土産で、銀四郎の機嫌がよくなると思いきや、結果はその逆であった。

「お香。もって帰ってくれねえか」

「えっ、なんでです？」

子どもたち、三人の顔が恨めしそうに父親に向いている。ご馳走が目の前にあっても、ありつけない。そんなひもじい思いが、三人の顔に表れていた。

「なんですって、そんなことも読めねえようでは、おまえも将棋指しとしては失格だな」

禅問答のような問いが、銀四郎の口から発せられた。

「…………」

よかれと思って気を利かせたお香である。銀四郎の言う意味をとらえることができずに口がこもった。

「分からねえのか、そんなこと」

寝たままの姿で、銀四郎がさらにつっ込む。

「いや、分かりません。なぜに、こんな食べもの一つに目くじらを立てるのか。兄さんのそんな考え方が、あたしには読めません」

尊敬する兄弟子であったが、お香は銀四郎の言葉に逆らう。むしろ、こんな境遇に子どもたちを置く父親に、そんなことを言う資格があるのかと思うほどであった。憤りすら感じるお香であった。

「どうやらお香には、分からねえようだな」

「分かりはしませんよ、そんな理屈」

声高にお香は、銀四郎に向けて言葉を飛ばした。

「お香、この小屋の中をひととおり眺めてみな」

銀四郎に言われ、お香はあらためて小屋の中を見回した。

「それでもお香には分からねえか?」

「はて……?」

朽ちた小屋の中を眺めたところで、答が出るはずもない。小屋と鰻が、どう結びつくのか。お香は、首を傾げて口にする。未だ『鰻ごときで……』という思いがお香にあった。

「どうやら答がみつからねえようだな。むしろ、詰め将棋みてえな問題だから、お香には解けると思ったんだが」

「詰め将棋……ですか?」

またまた分からないことを言う。よほど偏屈な男になってしまったと、お香は蔑《さげす》む思いとなって、銀四郎を見やった。

「お香。今の俺は、あと数手でもって詰まされる王様のような心境だ。この意味は分かるよな」

きのう会ったときに、銀四郎の肚の内は聞かされている。もう、さほど長くはもたないだろうと。病に冒され、生きる望みを失った男の言葉であった。

「…………」

答えたくても、口に出したくはなかった。お香は黙っているのを、自らの答とした。

「正直、こいつらのことはお香に托したいと思っている。だがな、お香。今、こいつらにこんな馳走を食わせるのは、一手誤ってしまうことになるのだ。将棋指しとして、どこでどうやって育ててくれるか知れねえが、今はおれの手の内にある」

銀四郎の長い語りとなった。これから、禅問答の答が導き出されるのだろう。お香は立ったまま、銀四郎の語りに耳を向けた。

三

「この先、お香に任せた以上は好きなようにしてくれとは言いてえが、これだけは一つ聞いてくれ。こいつらには、生まれてこの方ろくなもんを食わせちゃいねえ。ああ、まともなものなんか、一口も腹の中には納まっちゃいねえんだ。そんなところにもってきて、鰻なんか食わせてみろい、たちまち下痢《げり》を起こしちまうぜ」

「そんな、大げさな」

銀四郎の言う意味を、お香はまともに取った。

「下痢ってのはもののたとえで、本当の意味はそんなことじゃねえ。こんなうめえものが世の中にあったのかなんてな、たちまち舞い上がっちまうぜ。何も分かっちゃいねえ十歳にもならねえ餓鬼に、たとえ一口でも贅沢をさせちゃいけねえんだ」

「それは大げさなのではありませんか、兄さん。あたしはかまわないと思いますがねえ」

「だったら、食わせてみろ。今まで腹に入れてきたものには手を出さなくなって、これからはうまいものだけを恋しがるようになるだろう。とくに、物乞い同然に育った子とあっちゃな。それだけに、一口でも口に入れたらそのあとつらい思いをするのは、こいつらなんだぜ」

このあたりから、お香にも銀四郎の言うことが分かるような気がしてきた。だが、まだ腑に落ちないところもある。

とにかく子どもたちのことを一番よく知っているのは、銀四郎である。その親が、やめてくれということを、お香が無理強いするわけにもいかない。

「なんだか、みんなに申し訳ないことをしてしまった。ごめんなさい」

「分かってくれたか、お香。せっかく、もってきてくれたのにすまねえ」

銀四郎とお香の会話を、中に入って三人の子どもたちが聞いている。

「食いてえよう……」

銀太が泣きべそをかいて訴える。五歳の子でも、会話の中身は通じたようだ。

「銀太、我慢しよう」

姉のお桂が、銀太を宥《なだ》める。

「わかった……」

洟《はな》をぐずりながら、銀太は不承不承にうなずく。

「金太。これをお香に返してやれ」

銀四郎に言われ、金太が風呂敷包みをお香に返した。

「ごめんね、余計なことをしちゃったみたい」

やり切れない思いが、お香の胸の中を駆け巡る。

「うん、いいんだ。おいらたち、おっ父《と》うの言うことを聞く」

切ない思いがこみ上げてくるも、お香はここは我慢のしどころだと嗚咽《おえつ》をぐっとこらえて、話の筋を切り替えることにした。

「ところで、この子たちのことですが……」

お香は、三人の身の振り方を銀四郎にもちかける。

「いい考えが浮かんだか？」

「はい。あたしが行きつけの将棋会所のお席亭に預けようかと」

「たしか、お香が言う席亭ってのは、左兵衛さんか？」

「そうです。ご存じで？」

「昔、世話になったことがある。あの人なら間違いねえが、いい齢になっただろうなあ。もうかれこれ十五年にもなるか、知り合ったのは。……まだ元気かい？」

どうやら銀四郎と左兵衛は、古くから知っているらしい。だが、そのあたりのいきさつは、お香は詳しく知らない。

「はい。むしろ、昔より矍鑠《かくしゃく》としているみたい。三人の棋力をみて、しかるべき門下にとも言っていただきました」

「門下ってのは、天野か伊藤の弟子ってことか？」

「だと思いますが……」

「それが、いいかもしれねえなあ」

銀四郎の声が小さくなった。自分の手から子どもたちを離す、ここが潮どきと感じたのであろう。一抹の寂しさがこもる声であった。

「ところで、お香」

「はい、なんでしょう？」

「こいつらの将棋の力量なんだが、専門棋士としてやっていけそうか？」

「それは、なんとも言えません。この子たちが、つらい修業に耐えられるかどうかにかかってますから。ですが、将棋が強いのはたしかです。さすが、銀四郎兄さんの……」

そこまで言って、お香の言葉は止まった。

「どうした、お香？」

天井に空いた穴を見つめて考えるお香を怪訝に思い、銀四郎が問いかけた。

「兄さんが出した詰め将棋が解けました」

「詰め将棋って、鰻のか……？」

「ええ、そうです。あたしはうっかり、この子たちの修業の邪魔をしちまうところでした」

お香もその昔の幼いころ、甘いものに手を出して叱られたことがある。精神修行とは、我欲を捨てることからはじまると教わった。たとえ饅頭一つでも、我慢を強いられるものなのだ。

つらい修業であったのを、お香は思い出したのだ。

「そんな修業に耐えられなかったおれは、こんな無様になっちまった。お香、鰻の一口ってのはそういうことだ」

ようやく分かってくれたなと、銀四郎は言葉を置いた。

「こいつらのことは、よろしく頼む」

板間から射し込む光の中に、銀四郎の頭を下げた姿が映った。

「でしたら、これからでも行ってお席亭に引き合わせますが……」

「ああ、そうしてくれ」

銀四郎の同意も取りつけた。

金太、お桂、そして銀太の新しい生活がはじまるのだと、お香は感無量の面持ちとなった。

銀四郎にもう一つ、お香は言わねばならぬことがあった。

「ところで、銀四郎兄さんのことなんですが……」

「俺のことがどうしたい？」

「兄さんも、こんなところでなく、きちんとしたところで養生したほうがよろしいかと」

頑固な兄弟子である。すんなりと言うことは聞かないだろうと、お香は言い方に気を遣った。

「きちんとしたところって、どこだい？」

「実は、今朝方……」

お香は、水戸梅白の身の上と人となりを簡単に説いてから、銀四郎のことについて語り合ったことを言った。

「ずいぶんと、子どもたちのことといい、気を遣ってくれるな」

「それは、兄さんのことですから、放ってはおけません。それと、この子らを将棋士としてみても……」

「放ってはおけねえってか……ありがとうよ、お香。だがな、やはり俺のことは放っておいてくれねえか。ああ、気持ちはありがたくいただいとくよ」

「でも、兄さん。この小屋はすぐにも……」

「潰れるのは分かってるよ。俺が先にくたばるか、小屋の下敷きになるか。いずれにしたって、長くねえ命なのはたしかだ。そんなところにもってきて、いまさら他人《ひと》に頭なんぞ下げるのはまっぴらごめんだぜ」

おそらく梃子《てこ》を使ってでも、銀四郎は動かないだろうとお香は思った。

「でも、この子たちがいなくなったら誰が兄さんの面倒を？」

「そんなのはなんとかならあ。外に出てみろ、お香。あっちこっちに掘っ立て小屋が建ってるだろ。ここの連中は、みんな肩寄せ合って生きてるんだ」

仲間内がいるから心配するなと、銀四郎はお香を説いた。

そこまで銀四郎に言われれば、お香も引き下がらざるをえない。せめて、子どもたちだけでもまともな道を歩ますことができる。それだけでもよしと、お香は気持ちに整理をつけた。

「それでは、これから子どもたちをお席亭のところに……」

「ああ、よろしく頼む」

お香と三兄弟が知り合って、たった二日の内に急激な展開となった。

大人同士の話し合いなら、ここですんなりと受け入れることもできよう。だが、子どもたちの立場からすれば、とても気持ちがまとまるものではない。父親と、今生《こんじょう》の別れになるかもしれないと、子ども心にも痛感するのであろう。

「おっ父う、おいら行くのやだ」

まずは兄の金太が、駄々をこねた。長兄とはいえ、まだ九つである。上背四尺一寸の、お香の胸ほどにもない幼子である。

「あたいも」

「おいらもだ」

妹のお桂と弟の銀太も、長兄に追従した。

「分からねえことを言うんじゃねえ」

銀四郎の叱咤も、迫力がない。それは、銀四郎の子どもたちへの未練とお香は取った。気持ちが追いつかないままに、引き裂かれることになるのだ。

「でしたら、どうでしょう。さほど遠いところではないですし、これから五日の間は子どもたちをここから通わせるということにしましたら」

その間に、気持ちの整理をつけるという提案を、お香は出した。

お香は、五日が勝負と読んでいる。

それでも子どもたちがむずがるようなら、棋士としての大成は無理であろうと、一線を引くことも考試《こうし》であるとお香は思った。

お香も五歳のときに、両親と離れ離れにされた。親が恋しく、一日で逃げ出したこともあった。道が分からなく、神田とは逆方向の赤坂に行ったのが幸いで、師匠の伊藤現斎は許してくれた。もし、そのとき神田金沢町の実家に戻ったとしたら、受け入れを拒否しようというのが現斎の肚《はら》であったらしい。

それも考試の一つであったのだ。

——あたしと比べたら、はるかに甘いわ。

自分のときは、たったの一人。金太たちは、三人そろってである。

お香はそこを、三兄弟の試しと見立てた。

四

「すまねえな、お香」

これまでずっと気丈に語っていた銀四郎にしては、気弱な声であった。

「いかがしました、兄さん？」

「いざ子どもたちを手放すとなると、俺も気弱になっちまった。本来ならば、すぐにでも連れていってくれと言うんだろうが……それと、二度と戻ってくるなともな。それが言えねえで、言うにこと欠いてあと五日も一緒にいられるだと」

銀四郎にも、お香の提案が甘いことが分かっている。

「それは、仕方ありません。なんと言っても、話がきのうの今日ですから、あまりにも急ですし、金太たちが面食らうのも無理はありません」

「おれが甘くなるのは、病《やまい》のせいかもしれねえなあ」

つくづくとした、銀四郎の口調であった。

「だったら、お香。席亭の左兵衛さんのところに行く前に、こいつらにもってきた鰻を食わしてやっちゃくれねえか」

「えっ。よろしいんですか？」

あれほど拒んだというのに、どういう風の吹き回しだろうとお香は思った。

「いいんだお香。これは、おれがあいつらを動かす、最後の一手だと思え。鰻一つで駄目になるようだったら、それまでのものだ。お香も、試しているんだろう？」

「えっ？」

訝《いぶか》しげなお香の目が、銀四郎に向いた。

「もし、五日の間に気持ちの整理がつかなきゃ、それまでのものだってな。それがお香の考試であるってえぐれえ、俺にだって分かってらあ。だとしたら、俺からもあいつらを試さずにはいられめえ。なあ、そうだろ？」

鰻を食すことが試練とは、妙なことになったとお香は思った。

「分かりました。それではみんな、鰻を食べようか。それを食べたら、将棋会所に行くのだからね」

「うん、わかった」

まず答えたのは銀太であった。顔に、満面の笑みを浮かべている。

風呂敷を解き、重箱に詰められた鰻の弁当を配る。

「あたしは食べてきたから……」

銀四郎の分もある。四人に、お重が配られた。

「うんめえー」

金太が、まずは感嘆の声を出した。

「おいら、こんなの食ったの初めてだ」

銀太が、ほっぺに飯粒をくっつけお香に向いた。

「白いごはんも初めて……」

感無量か、お桂が涙を垂らしながら言った。

「久しぶりだ、こんなうめえもんにありつけるのは」

銀四郎も、内心は喜んでいるようだ。

四者の感慨が、それぞれ口から漏れた。

その後、お香に聞こえるのは、がつがつと鰻にむさぼりつく音だけであった。

「おいら、もっと食いてえ」

よほど腹が空いていたか、銀太の胃の腑《ふ》はまだ満たされていないようだ。

「だったら、これもお食べ」

お桂が、銀太の重箱に二口ほどの残りを入れた。あっという間に、銀太はたいらげる。

すべての重箱が空になったようだ。

「お香、うまかったぜ。さあ、さっさと子どもたちを連れていきな」

と言うとすぐに、銀四郎の寝床から鼾《いびき》が聞こえてきた。狸寝入りをして、あとは何も言わぬとの銀四郎の意思表示であった。

「食べたら行く約束だよ」

お香の促しに、三人兄弟はそろって立ち上がった。


それから四半刻後――。

金太たち、三人の兄弟は神田山下町の将棋会所の縁台に、並んで座っていた。

「この子たちかい？」

左兵衛が、顔に笑みを浮かべて子どもたちの前に立った。

金太は左兵衛の顔を見据え、恥ずかしいのかお桂はうつむいている。末っ子の銀太は、まだ自分の置かれている状況が分からずにいるのか、珍しいものでも見るように会所内を見回していた。

「おまえが兄の金太って言うのだな？」

「うん、そうだよ」

金太をじっと見つめる左兵衛の顔から笑みが消え、真剣みを帯びた。そして、顔をお桂に移す。

「お桂ちゃんっていうのか？」

うつむくお桂に、左兵衛はやさしく声をかけた。すると、ようやくお桂の顔が上に向いた。

「うん……」

小さな声で、お桂はうなずく。

「そうか。将棋は好きか？」

「だーい好き」

将棋に話が触れ、お桂の返事は俄然大きくなった。

「そうか、そいつはよかったな」

と言って、左兵衛の顔は末っ子の銀太に向いた。銀太は相変わらず落ち着きなく、ぐるぐるとあたりを見回している。

「銀太、将棋会所の中がおもしれえか？」

「うん、おもしれえ」

「将棋をたんと指してえか？」

「ああ、おいらうんと指してえ」

「そうか、分かった。だったら、これからおじさんと一番指してみるか？」

末っ子の、銀太の力量をはかれば、おのずと金太とお桂の棋力も分かろうというものだ。左兵衛は、銀太との対局を見て今後のことを考えようと思った。

「うん、いいよ」

にっこりと、笑って銀太が大きくうなずく。この一局に、自分たちの将来が懸かっていることなど、微塵も感じてはいない。

「お席亭……」

「いいからお香は黙って見ていろ」

席亭左兵衛の意図しているところはお香にも読めた。銀太との一局を試し、三人を受け入れるかどうかを決める肚だと。

もし、銀太の実力に難があると見抜けば、この三人の棋士としての将来は断ち切られるのだ。

卓の上での対戦は、銀太に不利である。樽椅子に座れば、銀太の背丈では盤上が見づらい。会所の隅《すみ》にある縁台をもってきて、真ん中に将棋盤を置いた。すると、路地で見かける、縁台将棋と同じ様相となった。

勝負は、落ち駒なしの平手である。

盤上に、駒がきれいに並べられると、左兵衛の目に光が帯びた。

「先手は銀太からでいいぞ」

「うん」

と言って、すかさず銀太は角道を開けた。

「よろしくお願いしますでしょ」

まずは、挨拶からだとお桂が口を出した。きのう、お香が言ったことを学んでいる。

「よろしくお願いします」

と、お桂の口を真似て、銀太はぺこりと頭を下げた。

「よろしくお願いします」

席亭の左兵衛も応じて頭を下げた。

いよいよ、三人兄弟の行く末を決める対戦がはじまる。

銀太の指し手はとにかく早い。左兵衛が指せば、間髪容れずに応手を指す。

「……やけに早《はえ》えな」

左兵衛は呟くも、その顔は真剣である。

しかし、いかんせん左兵衛も将棋で鳴らした男である。五歳の子どもとの差は歴然であった。

七十六手目で、銀太側の王様は逃げどころを失った。いわゆる、詰みである。

しばらく盤上を銀太が眺めている。敗戦を認めたくないように、肩を震わせている。

あれだけ早指しであった銀太が、次の手を指そうとしない。

「どうした銀太？」

左兵衛が銀太に問いかけた。

すると、盤上を見つめうつむいていた銀太が、ゆっくりと顔を上げた。すると、そのつぶらな目にはいっぱい涙が溜まっている。

「うぇーん」

相手の左兵衛の顔を見ると、銀太は堰《せき》を切ったように泣き出した。これで将来を断ち切られると、子ども心にも感じたのだろうか。

「おじちゃんに、負けちゃったぁー。くっくく……」

いや、そうではなかった。銀太は単に将棋に負けた悔しさから、泣き出したのであった。

銀太の嗚咽《おえつ》に、負けず嫌いの性格を垣間みる思いのお香であった。

「銀太、もう帰ろう」

金太が、銀太の腕をつかみ立ち上がらせた。

よろめきながら、銀太は立ち上がる。片腕を目にあてて、泣きが治まらないようだ。

「めそめそするのはおよし。銀太」

銀太の背中を支え、お桂がたしなめる。

「お香ねえちゃん、ありがとう」

お桂が、振り向いてお香に礼を言った。銀太が負けた以上、ここには無縁だと金太とお桂は取っていた。

その一連の仕草を、席亭の左兵衛は黙って見ている。

――やはり、お席亭のお眼鏡には適《かな》わなかったか。

子どもたちに話もかけず、黙している様子に、お香は左兵衛の心の中を思いやった。

将棋会所の敷居をまたごうとする際、金太とお桂が振り向いてぺこりと頭を下げた。

銀太は、兄と姉から両腕を支えられて力が抜けている。

銀太が、引きずられるように外へと出ようとしたときであった。

「おまえら、どこに行くんだ？」

席亭の左兵衛から、子どもたちに向けて声がかかった。

「お席亭……」

傍らに立つお香の顔が、左兵衛に向いた。その左兵衛の顔は、三兄弟を凝視している。

「えっ？」

金太が振り向き、訝しげに首を傾げた。

「誰が、帰れと言った？」

「それでは、お席亭……」

「ああ、お香。おもしれえ子どもたちだ。もっとも、銀太しかまだ見てねえが、それではほかも知れらあな。さすが、一番星の銀四郎の子どもたちだぜ」

語る左兵衛の目は、いつもの穏やかなものとなっていた。

五

どうやら三人の子どもたちは、左兵衛の心を射抜いたようだ。

「銀太と指していてな、お香の小さいころを思い出していた。お香が伊藤現斎先生のもとに内弟子に入ったのと、同じ齢なんだってな。あのときの、お香と比べたら幾分銀太のほうが劣る。だが、磨いて光るのは銀太のほうが上かもしれねえ」

左兵衛が腕を組み、銀太を見やりながら言った。

「将棋のほうは、まだ荒っ削りだがそれは子どもだから仕方ねえ。それと強い弱いなんてのはどうでもよく、なんてったって負けてあれだけ悔しがるってのがいいじゃねえか。勝負事には、それが一番肝心なんだぜ。お香も見習うといいやな」

「左様ですか……」

左兵衛のまくし立てるような言い方に、お香はうなずいて聞き入る。

「さすが、銀四郎の子だ。勝負師としての血は争えねえな」

と、銀四郎を二度も引き合いに出し、左兵衛は子どもたちを褒めまくる。しかし、甘言はここまでであった。

「だがな、お香……」

左兵衛の顔は、子どもたちからお香に向いた。

「はい……」

お香も、左兵衛に顔を合わせる。

「こいつらの、一番の欠点はなんだと思う？」

またここでも禅問答かと、頭を捻るお香であった。

どうも、将棋にかかわる者はこの手の難問を繰り出すことが多いと、お香は肚の内で感じていた。

——これも、詰め将棋みたいなもの。

好きなのは仕方がないかと、お香は問答に応じることにした。

分かりませんと言えば簡単であるが、将棋指しとして恥ずかしい。そんなことも読めないのかと、詰《なじ》られそうだ。

お香は、三兄弟を見やりながら考慮する。

「三兄弟ってことかしら……？」

自信なさげにお香は口にする。なぜだと問われても、根拠はない。ただ、漠然とお香の脳裏に浮かんだのだが。

「そうだ、お香。よくぞ、そこに気がついたな。さすが、女勝負士だ」

大げさに褒められては、お香としてもくすぐったい。

「その昔、毛利元就《もうりもとなり》って人が三人の子に『三本の矢がまとまれば折れづらい』と言ったらしいが……」

「その話なら、聞いたことがあります。ですが、その金言ですと三兄弟だと力強くなって、よろしいのでは？」

「それがな、将棋の場合だと逆なんだ。勝負はあくまでも一対一だからな。その修羅場には誰も介添えができない。どんなに苦しい局面でも、自分で始末をつけなくてはならないからな。そのときが、問題なのだ」

「はて……？」

何が問題なのか、お香には解けない。

「いざというときに、誰かを頼ろうとする甘えだ。心の隅《すみ》にそれがあったとしたら、いつまで経っても、肝心なときに自らの力で壁を突き破ることはできん。そこでだお香……」

左兵衛はここで声音を落とし、お香に耳を近づけるよう手招きをした。お香は言われたとおり、左兵衛の口に耳を近づける。

「この三人をしばらくしたのち、将棋三家の門下に分けようかと思っている」

「将棋三家と申しますと、伊藤家と大橋本家、分家ですか？」

「そういうことだ。その門弟に送り込まそうかとな」

「三人を引き裂くのは、少々……」

「不憫《ふびん》だと言いたいのか、お香は？」

「はい、なんとなく……」

気乗りのしない、お香であった。

左兵衛とお香の会話を、心配そうな顔をして三兄弟が見つめている。

「並の兄弟だったら、わしもこんなことは言わん。だが、わしはこの三兄弟を十年に一人出るかどうかの逸材と見た。それだけに、どこでもいいと安っぽくは預けられんのよ」

左兵衛の言わんとしていることは、お香にも分かる。たしかに、甘えの許される世界ではない。つらい修業の苦難に打ち勝ってこそ、明るい未来があるのだ。

「どうだ、お香。三人の兄弟が『名人』を競っている図を頭に描いてみな」

「お席亭は、もうそこまでのことをお考えになっているのですか」

たった一度、銀太という幼子と将棋を指しただけで、左兵衛は夢みたいなことを頭の中で描いている。

「お香は真剣師となってしまったが、その夢をこの子らに托そうと俺は思っている。将棋三家も、よろこんで引き受けてくれるだろう」

左兵衛の肚の内を聞き、お香の顔は三人に向いた。

立場が分からず、三兄弟のきょとんとした顔であった。

「よかったね、金太にお桂に銀太」

お香は腰を落とし、三人と背丈を合わせて言った。

「お席亭は、あしたからここに来てもいいって。そしてしばらくしたら、どこかいいお師匠さんの弟子にさせてくれるって……」

三人を、将棋三家の系統に分けることは伏せてお香は言った。

「ただし、もう絶対に賭け将棋はしちゃいけないよ。お父っつぁんとおまえたちの、ご飯の面倒はお席亭がしてくれるから」

「うん、分かった」

お香の説き伏せに、三人のそろった声が返った。

「お香も、しばらくはこの三人につきっきりになってくれねえかな」

「はい、もちろんです」

専門棋士を目指そうとしたときから、ずぶの素人と将棋を指すことは禁じられる。専門棋士とは異なる、悪い手筋を覚えてしまうのが理由の一つであった。それと、どうしても賭け将棋に奔《はし》ってしまう。

賭け将棋は、どの門下でも禁止である。それに手を出したのが露見したら、即破門の憂き目が待っている。

三人兄弟の父である銀四郎も、今ここにいるお香も、それで伊藤分家の門下を破門になった。その末路の悲惨さは、銀四郎を見ていれば分かる。

お香も、自分が成し遂げられなかった夢を、この三兄弟に托したいと思った。とくに、お桂は同じ女である。楽しみができたと、内心喜んでいる。

これからのことについて、左兵衛とお香は話し合った。

きのう、銀四郎と三兄弟の現状は話をしてある。

「そこで、梅白のご隠居様に面倒を……」

まずは、この日の経緯をお香は語った。

「それで、銀四郎はご隠居様の申し出を断ったのか」

「はい。頑《かたく》なに……」

「気持ちが分からんでもないな」

「お席亭には、兄さんのお気持ちが分かりますか？」

「ああ、多分な。男ってのは、落ちぶれ果てた姿は誰にも晒したくなくなる。一度そうなったら、もう終いだ。他人様が救いの手を差し伸べようが、見向きもできねえ。だからそうなる前に、這いずってでも浮かび上がらなきゃならねえのよ」

年の功か、左兵衛は人生訓を語った。

「まさに、銀四郎はそんな境地なんだろうな。かえって、何もしてやらねえほうがいいぜ。さっきお香は、銀四郎の飯の世話はわしがすると言ったが、やつは絶対に受け取らねえぜ。人の施《ほどこ》しほど、嫌《いや》なものはねえだろうからな。それが男としての、一分の意地ってものだ」

左兵衛はそこまで言ってから、ふーっと大きく息をはいた。

「ということは、お席亭……」

左兵衛の漏らしたため息の意味が、お香にも通じる。すると、お香の顔がにわかに曇った。

「お香、そんな面をするな」

左兵衛は、首を振ってお香の渋面《じゅうめん》をたしなめた。

子どもたちが、不安そうな顔をしてお香を見ている。

「虫歯が痛んだだけだから、何もそんなに心配をしないでいいのよ」

自分でも、下手な言い繕《つくろ》いだとお香は思った。

銀四郎と子どもたちがいられるときは、あと五日である。掘っ立て小屋から、山下町の将棋会所まで通う。その間は、いつものように子どもたちが銀四郎の面倒をみる。

だが、問題はそのあとであった。

金太たち三兄弟が席亭のもとで暮らし、本格的に修業を開始してからである。

銀四郎はその後を覚悟しているのだと、左兵衛は口にせずとも語っていた。お香は、それに気づき渋面を作ったのである。

「お香、もう銀四郎のいる小屋には近づくんじゃねえぞ。つらいだろうが、そっとしておいてやれ」

「…………」

子どもたちの手前、お香は歯を食いしばり、嗚咽を堪えた。顔をうそ笑いでごまかすから、なんとも不思議な面相となった。

「うふふ……」

お香の変な顔が面白かったか、銀太が声を出して笑った。

「今日はもういいから、お父っつぁんのところに帰りな」

居たたまれなくなったか、左兵衛もあらぬ方向を見て子どもたちに告げた。

「きょうは、もういいの？」

「ああ。あしたからは、朝のうちに来るのだぞ」

金太の問いに、左兵衛はくぐもる声で答えた。

左兵衛から言われたとおり、お香は子どもたちを見送るだけにした。

「お香ねえちゃん、さよなら」

「うん。お桂ちゃんも明日来てね」

女同士の挨拶を交わし、三人は夕日を背にして塒《ねぐら》へと戻っていった。

「年を取ると、どうも涙脆《もろ》くていけねえ。きょうのところは、俺もまいったぜ」

三兄弟の姿が見えなくなるまで見送ると、左兵衛が目をしばたたかせながら言った。

「鬼の目にも涙って、こういうことかしら」

お香が戯言《ざれごと》を言うも、やはり声はくぐもっている。

明日から左兵衛は、子どもたちにとって恐い鬼と化すのだ。

「ずいぶんと、やさしい鬼……」

「そんなことはねえさ、お香。修業に手加減はしねえよ。お香も、そのつもりでやってくれ」

「かしこまりました」

ここまできた以上、中途半端は許されぬ。身を犠牲にしてまで子どもたちを托す、銀四郎の気持ちを思えば、お香も悠長なことは言っていられない。

お香は気を引き締めて、左兵衛に返した。

六

この五日の間に、今生の別れを決意しなくてはならない。

あの親子に、はたしてそれができるかどうか。いや、それよりも——。

——はたしてそれで、よいのかどうか？

お香の気持ちの中が、複雑に揺れ動く。

かしこまりましたと、気を引き締めて言ったものの、お香は戸惑いをもっていた。

「どうした、お香？」

お香の様子の変化に、左兵衛は眉間《みけん》に縦皺《たてじわ》を立てて訊いた。

「やはり、兄さんのことが……」

気にかかっていると、お香は胸の内を明かした。

「そりゃ、俺だって同じだ。人ひとりを見殺しにするのと同じことだからな。そんな窮地《きゅうち》を知っていて、なぜ手を指し伸べてやらなかったと文句のひとつも出るだろうよ。だがなお香、そうしないと四人そろって駄目になってしまうんだ。子どもたちの痩せ方を見ただろ、あれじゃあな」

お香への説得は、左兵衛自らにも向けているようであった。

「それと、銀四郎だってそう長くは生きられないんだろ。それに、生きようという気力も失っているようだ。やはり、ここは静かにしておいてやろうじゃねえか。俺はもう、そうに決めたぜ」

うしろめたさは感じるものの、左兵衛の言うことがもっともだとお香は思った。

「あたしも気持ちを決めました」

きっぱりとした、口調でお香は言った。

もう、お香に迷いはない。

「兄さんが生んだお宝を、どうやって磨きましょうか？　ねえ、お席亭」

お香は、いつもの口調に戻っていた。

「そうだな。それはお香に任せたぜ」

「そんなことを言わないで、考えていただけませんか」

「まあとりあえずだ、あいつらの前では、親のことをもち出すのは禁句にしようじゃねえか。たとえば、お父っつぁんとかって言葉は使っちゃ駄目だ」

「まあ、それはなるべく心得ますが、そんなことではなく……」

将棋の本道について考えましょうと、お香は言った。

「いずれにしても、ここの会所で子どもたちを指南できるのは、わしとお香だけだ。ここに来ている客たちは、そろって歯が立たねえだろうし、筋の悪いやつらばかりだからな」

「当分の間は指南将棋をやめて、つきっきりになりましょうか」

お香は賭け将棋の傍《かたわ》ら、大店の主などを相手に将棋の指南に出向いている。梅白も、お香の弟子の一人である。

その出向を子どもたちのために、お香はいっとき控えるという。

「そうしてくれるかい。助かるぜ」

「いえ、お席亭。あたしも、あの子たちがどう育つか、楽しみなんです。つらいでしょうが、励んでもらいませんと」

「ずいぶんと、お香も入れ込んでやがるな」

「お桂ちゃんには、女名人になってもらいたいですから」

お香が叶えることができなかったことをお桂に托す。将棋三家の門弟にさせるまで、ここでみっちり仕込もうとお香は気張って言った。

「そうだな。ところでお香、たまには一局指すかい？」

「左様でございますね」

客のいない会所の中で、左兵衛とお香は将棋盤に駒を並べはじめた。

左兵衛とお香の対戦がはじまったそのころ。

神田川の川原に建つ掘っ立て小屋に、金太たち兄弟は戻ったところであった。

「おっ父う、帰ったよ」

金太が、中にいる銀四郎に声を投げた。

「おう、帰ってきたか。それで、どうだった？」

「あしたから、来いって」

「そうか、左兵衛さんが来てもいいってか？　だろうなあ、おれが教えた将棋だぜ」

銀四郎としては、子どもたちを賭け将棋の渦に巻き込ませたくないというのが本音である。これで、専門棋士としての道が開けると、ほっと安堵の息をついた。

「それで、どこの門下に入れると言ってた？」

「わかんない」

と、金太が首を振って答えた。

子どもにそんなことを訊いても分かりはしない。それでも銀四郎の気持ちは弾む思いであった。

久しぶりに、体の中から何かが燃えたぎるような気がしてきた。このとき銀四郎の中に、芽生えたものがあった。

——こいつらの行く末を見届けてえ。

それが銀四郎の、生きようとする動機となった。すると人ってのは、言い知れぬ気力が生まれてくるから不思議である。

この一年の間は、銀四郎はまともに歩いたことがない。動く気力もなく、酒だけを呑んでの寝たきりであった。一日一度、立ち上がることがあるが、それは排泄をしに川原に出るときだけであった。それも、杖《つえ》をついてよろよろと。

今夜のめしの支度に、子どもたちは取りかかっている。

金太は、隣の掘っ立て小屋に住む男に賭け将棋で稼いできた銭を払い、残飯を仕入れてくる。お桂と銀太は、川原で食えそうな雑草を摘んでいる。それを、夕餉の御菜にするのだ。

粗食どころではない、あまりにも貧しい食の生活を強いられていた。

兄弟三人が、夕餉の食材を仕入れて小屋へと戻ってきた。

金太が小屋の遣戸を開けて、中に入ったところで子どもたちの動きが止まった。

「おう、おまえら。こんな生活は、今夜でおさらばだぞ」

杖を頼りに、銀四郎が仁王立ちになって子どもたちを見下ろしている。まともに立てば、身の丈五尺九寸の大男である。しかし、その体は痩せ衰えて、肌《はだ》けた胸には肋《ろっ》骨《こつ》の筋が数本くっきりと浮かび上がっていた。

「おっ父《とう》……」

「……ちゃん」

子ども三人が、上を見上げて驚くのも無理はない。

銀四郎が立ち上がって子どもたちに声をかけたのは、この数年来なかったことだ。

ふらつきながらも、杖に体を預け銀四郎は言う。

「さっき、鰻を食ったんでな、おかげで立ち上がることぐれえはできるぜ」

しかし、銀四郎が本当に立ち上がることができたのは、鰻の精力のせいではない。

生きたいという、励みがそうさせたのだ。

「おまえたちの誰かが名人になるのを、この目で見届けるまで、おれは死ぬことはできねえ」

「おっ父う」

金太の目から、涙が一筋二筋と流れ落ち頬を伝わっている。銀四郎の言っていることを理解できるのは、金太だけであった。お桂と銀太は、あまりにも幼い。

だが、意気込みだけではどうすることもできない。なんせ、独りでは生きてはいけそうもないのだ。

このとき銀四郎は、指す手を考えていた。将棋指しであったときの頭が回転する。

「おまえら、ここに来て座れ」

簀《す》の子の床に筵《むしろ》が敷いてある。三人はそこに並んで座った。銀四郎も向かい合って腰を落とす。

なんだろうといった、お桂の怪訝《けげん》そうな顔と、また叱られるのではないかと、銀太の怯えを含んだ目が、銀四郎に向いた。

「叱りはしねえから、心配するな」

銀四郎の顔に幾分浮かんだ笑みに、三人はいつにもない嬉しい思いとなった。なにせ、父親の笑顔を見たのは、この数年なかったことだ。

将棋を教えるときも、めしを食うときも、寝るときまでも、いつもいつも怒鳴りっぱなしであった。そんな怒りも、ここのところは鳴りを潜めるほど元気が失われていた。

そんな父親が、目の前に座っている。銀太からすれば、笑みの浮かんだ銀四郎を見るのは初めてのことであった。

「今夜限りで、おまえらとは当分離れて暮らそうと思っている。お香はあと五日と言ったが、やはりあしたからにする。別れがつらいなんて、甘っちょろいことを言ってられねえからな」

「でも、おっ父うは……？」

これからどうするのだと、金太が訊く。

「おれのことは、心配するな。どこかで体の養生をして……そうだ、さっきお香が来て言ってたな。千駄木のご隠居様とかなんとか。つまらねえ意地を捨て、いっとき厄介になろうかと思っている」

一度どん底に落ちた者は、他人《ひと》を頼る気力すら失い、そのまま埋もれていくと席亭の左兵衛はお香に言った。

生きるための動機というのは、いかほど大事なことであろう。まさに、奈落の境地にあって生きる屍《しかばね》となった銀四郎を、まがりなりにも立ち上がらせたのは、三人の子どもたちであった。

「だから、これからおまえたちは将棋一筋で精進するのだ。おれのことなど、思い浮かべることはない。ただひたすら、将棋だけのことを考えるのだ。いいか、分かったな」

「うん……」

と、一言うなずき返事をしたのは金太だけであった。お桂と銀太は、ただ黙って銀四郎の口元を眺めているだけである。

「どうした？　お桂と銀太はおれの言ってることが分からねえのか」

銀四郎は、ぼさぼさ髪と髭もじゃの中にある目を、お桂と銀太に向ける。

髭に隠れ、表情はうかがい知ることはできなかったが、銀四郎の目に宿るかすかな光をお桂と銀太は感じ取っていた。

言葉の意味はつかめずとも、それだけで二人は、銀四郎の今まで見せなかった息吹《いぶ》きを感じ取ったのであった。

七

銀四郎が立ち直ろうと決意して、一夜が過ぎた翌日。

子どもたち三人は、朝四ツにそろって左兵衛の将棋会所へと向かった。

「――おれの言ったとおりに、お香に伝えるのだぞ」

銀四郎は金太に言い含めたことがあった。それを忘れないようにと、金太は黙って歩く。

「あんちゃん、これから将棋がうんと指せてうれしいな」

「うるせえな。銀太は黙ってろ。おっ父うが言ったことを忘れちゃうじゃねえか」

銀太の話しかけを、金太が拒んだ。

「ごめん……」

銀太が謝ったところで、三人は将棋会所の前に立った。

油障子に『将棋』と書かれた遣戸を開けて、金太とお桂、そして銀太の三人は会所の中へと入った。

「おっ、来たな」

にっこりと笑った左兵衛の顔を見て、まずはほっと息をはく三兄弟であった。

「よろしくお願いします」

「……お願いします」

お桂の挨拶の言葉尻を追って、銀太が頭を下げた。

金太は無言で頭を下げる。

「おや、どうした？　金太は口が利けねえのか」

左兵衛が訝しそうに、金太に言葉を投げた。その答に、金太は黙って首を振る。

「おじちゃん……」

代わりにお桂が口を出した。

「おじちゃんじゃねえ。これからは、お席亭と呼びな。お香みてえにな」

「それじゃ、お席亭……」

「なんだ、お桂？」

「あんちゃんは、おっ父うから言われたことを忘れないように、黙ってるんだ」

「おっ父うから言われたこと？」

「うん。お香ねえちゃんに、伝えろって」

「お香にか。おっつけ来ると思うが……」

と、左兵衛が言った矢先にお香が会所へと入ってきた。

「おはようございます……おや、もう来てたんだ」

挨拶早々、お香は三人の子どもに目をやった。

「なんだかな、銀四郎がお香に伝えたいことがあるってんだが」

「兄さんが？」

「それを、金太が聞いてきたらしいんだが、忘れないようにと、挨拶もしやしねえ」

左兵衛が笑みを浮かべて言った。

「そうですか。それで、お父っつぁんが言ってたことってどんなことだい？」

お香は、金太に顔を向けて問うた。

「きょうから、ご隠居さんのところに行くって」

「えっ……？」

にわかには信じられない、お香であった。銀四郎が、梅白の面倒を受け取ると言った意味だろうか。

「それで、おいらたちと別々に暮らすんだって」

どんな心境の変化だろうと、左兵衛とお香は顔を見合わせた。

「きょうから、よろしくお願いします」

「……お願いします」

「……します」

金太が左兵衛に向けて、頭を下げた。それに倣《なら》って、お桂と銀太も頭を下げる。

「お願いしますって、将棋のことだけでなく、この子たちは寝泊りのことを言ってるのでしょうか？」

「話の筋からすると、どうやらそういうことらしいな」

お香の問いに、左兵衛が答えた。

「それはもちろんかまわねえが……」

言って左兵衛は考え込んだ。

「……銀四郎のやつ、気持ちが変わりやがったな」

呟きが、左兵衛の口から漏れる。それが、お香の耳に届いた。

「気持ちが変わったとは……？」

「おっ父うが、おいらたちが名人になるのを見たいって」

左兵衛とお香の疑問に、金太が答えを出した。

「そういうことかい」

「そういうことでしたか」

にわかに左兵衛とお香の顔が明るみを帯びた。

金太の一言で、銀四郎の気持ちは伝わった。

銀四郎が生きる望みを抱いたことが、お香にとって、何よりもうれしかった。

「お父っつぁんは、ほかに何か言ってなかったか？」

左兵衛が、金太に問う。

「賭け将棋には手を出すんじゃねぞって」

「それと……？」

「元気でやれって」

「それと……？」

「うーん……いっしょ、いっしょ……」

金太が言葉を思い出そうとしている。

「なんだい、お香。いっしょってのは？」

左兵衛が、お香に問う。

「さあ？　いっしょ……そうか、一所懸命ってこと」

「うん、それで励めって」

「一所懸命に励めって言われたのかい？」

「そう」

そんなことを言える銀四郎に、お香はさらなる息吹きを感じていた。

きのうまでは、生きることさえ諦めていた銀四郎の、勝負師魂をここにいる三兄弟が蘇らせた。

「よかったねえ、金太にお桂に銀太」

お香は腰を落とし、三人の目線に合わせてくぐもる声を出した。その様子に、左兵衛は大きくうなずきを見せた。

このことを伝えに、お香は水戸梅白のもとに行かねばならない。

問題があるとすれば、歩けそうもない銀四郎をどうやって千駄木まで運ぶかである。

「町駕籠しかねえだろうな。まさか、戸板に乗せていくわけにもいくめえ。屍《しかばね》じゃねえんだから」

お香の問いに、左兵衛が答える。

「町駕籠に、耐えられるかしら?」

乗り心地の悪い駕籠の揺れをお香は案じた。

「心配するこたあねえよ。そのぐれえは辛抱できる気力が、銀四郎にはついてきてるだろうからな」

「左様ですねえ……」

左兵衛の言うことがもっともだと、お香は大きくうなずいた。

「となると、早速かかろうじゃねえか」

お香は千駄木の梅白のもとに行って、ことの成り行きを伝える。

左兵衛は、散らかった一部屋を掃除し、子どもたちの寝泊りができるよう整える。

そして、金太たち三兄弟は、一度戻らせることにした。

左兵衛とお香の伝えを、銀四郎にもたらすために。

本格的な、将棋の修業はそれらが済んでからということになった。

「金太……」

「はい、お席亭」

「金太と銀太は男だから、おはつけなくていいぞ」

「はい、席亭」

「よし、返事はいいな。これから三人してお父っつぁんのところに一度戻れ。そして、伝えるんだ」

「はい……」

金太が、一部一句も漏らさずに聞き取る体勢を取った。

「気持ちは伝わったから、安心しろって。どうだ、言えるか？」

「はい」

「だったら、言ってみろ」

左兵衛は、伝えを金太に試させた。

「気持ちは伝わったから、安心しろって。どうだ、言えるか？」

「どうだ言えるかまでは、言わなくていい。それとだ、千駄木のご隠居のところから迎えが行くとな。町駕籠を用意するから、それに乗れと言うんだ」

金太にとっては長い台詞《せりふ》である。顔を天井に向け、頭の中に叩き込んだ。


金太たち三兄弟が、浮かれた気分で小屋へと戻っていく。

「どうだい、嬉しそうじゃねえか」

三人のうしろ姿を見送り、左兵衛がお香に話しかけた。

「左様ですねえ。あのはしゃぎようったら……」

「だいじょうぶかな。おれが言ったことがちゃんと伝わるだろうか？」

三兄弟がつっ突き合って、戯れながら戻っていく。その姿が見えなくなるまで、心配を抱きながら左兵衛とお香は見守っていた。

「さてと、あたしはご隠居様のところに行ってまいります」

「そうかい。そしたらおれは、子どもたちの寝床を作っといてやるとするか」

お香が、千駄木の梅白のもとへと向かおうとしたところで、二人連れの客が入ってきた。

この日の仕事にあぶれた、職人二人であった。

「場所を貸してもらうぜ」

と言って、職人二人は向かい合って座った。早速、一局ということで駒が並べられる。将棋会所とか碁会所というのは、適当に客たちが遊んでくれるのだから世話がない。

左兵衛は、客たちをほったらかして奥へと引っ込んでいった。

お香は、将棋会所を出ると、急ぎ千駄木に足を向ける。

銀四郎のことは、きのうのうちに話がついている。一度は梅白のもとに連れていくのを諦めていたお香であったが、銀四郎の心の変化で事態が変わった。

よいほうに風が吹いていると、お香の足取りは軽く半刻もかからずに、千駄木は団子坂の坂を上り、梅白の寮へとやってきた。

「ごめんください」

玄関の格子引き戸を開けて、中に声を飛ばすと、いつものように虎八郎が出てきてお香を案内した。

「どうだった、銀四郎とやらの様子は？」

早速梅白からの問いが発せられた。

お香は、その後の経緯を要約して語った。

「一度は、生きることを諦めていたのですが、子どもたちの出世を頭の中に描き、それが励みにでもなったのでしょう。生きる望みが出てきたようです」

「そうか、それはよかった。ならば、さっそく迎えに行ってやろうではないか。竜さん、虎さん用意はいいかな」

「はい、ご隠居」

声をそろえて竜之進と虎八郎はうなずく。

「ご隠居様、用意というのは……？」

用意といえば、町駕籠を雇うぐらいなものだろう。特別に難しいことなどないはずだ。お香は、怪訝に思って訊いた。

「それは、いかにして銀四郎とやらをここに連れてくるかだ。足腰も立たぬほど弱っているると聞いたからの、歩くのはままならぬだろうと」

「ですから、町駕籠を雇えばと思いましたが……」

「町駕籠なんぞ、あんな乗り心地の悪いものに乗せられん。あれは、体の丈夫な者が乗るものだ」

梅白が、首を振りながら言う。

「そうしますと……？」

ほかに手立てがあるのかと、お香が問う。

「竜さん、お香に見せてあげなされ」

「かしこまりました」

と言って、竜之進が庭側の障子戸を開けた。すると、庭の敷石の上に、大名がお忍びで乗るような、立派な黒駕籠が置かれている。先棒、後棒には各二人ずつの陸尺《ろくしゃく》が座り、出立を待ちわびていた。

せっかくだから、行きだけは乗っていくとするかと、梅白が駕籠に乗り込み千駄木を出たのが正午少し前のことであった。

町駕籠よりも、はるかに乗り心地がよさそうな駕籠である。

駕籠の傍についていて歩くお香は、梅白の気遣いに感謝する思いであった。

もしかしたら、銀四郎の拒みで配慮が無駄になっていたかもしれない。

お香は梅白にそのことを語ると、それもありうると、返ってきた答は簡単なものであった。

第三章　三兄弟の行方

一

金太たち三兄弟の帰りが遅い。

小屋に一度戻ると出ていってから、かれこれ半刻が経つも、将棋会所に戻ってこない。

だが、まだ半刻ならば、左兵衛もさほどやきもきはしていない。父親との別れを惜しんでいるのだろうとぐらいに思っていた。

左兵衛がそわそわし出したのは、それからさらに半刻経ったころからであった。

「遅えなあ……」

不安が左兵衛の口から出たとき、正午を報せる鐘の音が聞こえてきた。

「どうかしたんかい、席亭？」

客の一人が、左兵衛の独り言を耳にして訊いた。

「いや、なんでもねえ」

将棋を指している客にいちいち説明もはばかられると、左兵衛は首を振った。

そして、さらに四半刻が経って左兵衛は居ても立ってもいられなくなった。

「これは、何かあったな」

独り言が、左兵衛の口からまたも漏れる。

「おい、席亭。なんだか、さっきから落ち着かねえみてえで、様子が尋常でねえな」

相手の指し手を待つ客が、左兵衛に声をかけた。

「ちょっと、すまねえが留守番を頼まれちゃくれねえか」

左兵衛は客に店の番をさせ、銀四郎たちの住む掘っ立て小屋に行ってみることにした。

「ああ、かまわねえけど、いったいどこに行くんだい？」

「ちょっとな。おれがいねえ内に帰るんなら、席料を棚に置いといてくれ」

分かったと言う客の返事を背中で聞いて、左兵衛は飛び出すように将棋会所をあとにした。

和泉橋の手前と聞いていたが、朽ちた掘っ立て小屋が幾つかある。

それらの小屋のどれが、銀四郎たちの住処になっているのか左兵衛には分からない。左兵衛は土手を下り、一軒の小屋で尋ねることにした。

小屋に近づくほどに、左兵衛は自分たちが住む世とは、別の世界を感じていた。思っていたよりも、さらに劣悪な環境に左兵衛の気持ちは萎《しぼ》む。

「……ひでえところだな。こんなところに、やつらは住んでるのか」

鼻につく異臭に辛抱しながら、左兵衛は一軒の小屋の前に立った。

「ごめんください……」

息を我慢して、左兵衛は外から声を投げた。

「誰でい……？」

中からかったるそうな、男の声が返った。

「ここらあたりに、三兄弟の……」

「金太たちのことかい？」

「左様ですが」

息もしづらいほど、澱んだ空気があたりに立ち込める。左兵衛の言葉は短い。

「やつらが、どうかしたんかい？」

「いえ。その子らの、宿はどこかと？」

「教えてやるから、何か置いていくものはねえか？」

人の家を尋ねただけでも、報酬がほしいと言う。左兵衛は、壁板の隙間から四文の波銭を投げ入れた。

「すまねえな。だったら、川に向かって左隣だ。なんだか、さっきうるさかったみてえだが……」

「何かあったのですか？」

「いや、よく分からねえ。他人《ひと》んちのことなんか、知らねえよ」

他人の動向など、何があろうといちいち気にしないのがここの住民である。それ以上問うても無駄だと、早速左兵衛は左隣の小屋に向かった。

「ごめんくださいよ」

開かない遣戸《やりど》の外から声を投げる。だが、中からの反応がない。戸を開けてみるが、立てつけが悪く、どうにも開かない。

羽目板の隙間から中をのぞくも、人のいる気配はない。

どうやら、銀四郎もいなくなっているようだ。

梅白の迎えがすでに来たかと考えたが、左兵衛はそうでないとすぐに打ち消す。だとしたら、お香が将棋会所に寄るはずだと——。

「おかしいな……」

いったいどうしたことだと、左兵衛が首を捻ったところであった。いきなり背中を叩かれ、思わず腰を抜かすほどの衝撃が、左兵衛の体中を駆け巡った。

「お席亭……」

と言われて左兵衛が振り返ると、そこにはお香が立っている。

「ああ、お香か。いきなり背中を叩かれたんで、心の臓が止まるところだった」

「驚いたのは、あたしのほうもおんなじです。お席亭と声をかけても考えているご様子で。あたしの呼ぶ声が、聞こえなかったのですね」

お香は幾度か呼んだが、左兵衛は考えごとをしていたようだとお香は言った。

「どうして、お席亭がここに？」

お香の顔は、にわかに不安な思いとなって歪んだ。

あまりにも子どもたちが遅いのでなと、左兵衛はここに来た理由《わけ》を語った。

「いったい、どこに行ったのでしょう？」

土手の上を見ると、梅白たちが訝しそうな目をして見下ろしている。お香が顔を向けると同時に、竜之進と虎八郎が下りてくるのが見えた。

「ご無沙汰をしております。席亭……それで、どうかしたのか、お香？」

左兵衛への挨拶もそこそこに、竜之進が、お香に問うた。

「お席亭の話だと、どうやらいないようなの」

「なんだって？」

「どういうことですか、席亭？」

虎八郎が左兵衛に問う。

「自分にもさっぱり……」

と言って、左兵衛の首は大きく傾きをもった。

「中を見てみましょう」

お香が中の様子を調べようと、遣戸の取っ手に指をかけた。

「それが、開かねえんで」

試してみたのだがと、左兵衛は言った。

「こつがあるのです」

お香は、金太の真似をして一つ戸を叩き、二つ押して開けてみせた。

戸は開いたものの、小屋の中はもぬけの殻である。

「なんだか騒がしかったと、隣の人は言ってたが」

左兵衛が、隣人とのやり取りを語った。

「ということは、誰かが来て連れていったということも考えられるな」

竜之進がうしろからお香に話しかけた。

「誰かがって、いったい誰が？」

簀の子の床に敷かれた筵《むしろ》に乱れはない。乱暴はされていないようだ。

騒がしかったのは、おそらく声だけが周囲に届いたのであろう。相手の怒鳴り声とも考えられる。

「それにしても、なぜに金太たちが……それと、銀四郎兄《あに》さんも」

拐《かどわ》かしてもなんの得にはならんだろうとの思いが、お香の胸をついた。

「やっぱり、修業がいやで逃げ出したのだろうか」

左兵衛が、肩を落として言った。

「いや。それはないと思いますが、お席亭」

お香が、左兵衛の考えを否定する。

「あれほど、喜び勇んで帰ったのですもの」

お香がわけを添える。

「だよなあ……」

不思議な思いにとらわれる、面々であった。

虎八郎は、ことの成り行きを梅白に伝えるために、土手を登った。

報せを聞いた梅白の顔がにわかに歪む。

「なんだと？　みんなしていないだと……」

眉間に皺を数本立てて訊く。

「どうやら、連れ去られたみたいでして」

「よし、わしも土手を下りようか」

「いえ、滑りますのでご隠居には。持病の腰痛にもよくありませんので……」

無理をするなと、虎八郎は梅白を押しとどめた。ただでさえ、腰痛を抱えている梅白である。転んで怪我をされて、あとあと面倒を看なくてはいけないのは自分たちである。そんな憂いが虎八郎の頭の中で思い浮かんでいた。

虎八郎に止められ、梅白は渋々土手の上で待つことにした。

やがて、左兵衛とお香、そして竜之進がつづいて土手を登ってきた。

竜之進の口から小屋の中の様子が、梅白に語られる。

いつしか、一行の周りには野次馬たちの好奇な目が集まっている。白昼、大名の乗るような黒塗りの駕籠は、この場にはそぐわない乗り物である。

「いったい何があったんだ？」

野次馬たちが不思議そうに語り合う声が耳に入る。

「ここにいてはなんだ。引き上げようではないか」

梅白の一言で、とりあえず引き取ることとなった。

駕籠は、根岸にある水戸藩の中屋敷に戻されることになった。水戸徳川家から陸尺ごと、借りていたものである。

一行は、神田山下町の左兵衛の会所にて話し合うことにした。

「もしかしたら、この間にも子どもたちは来ているかもしれねえ」

一縷《いちる》の望みを托して、左兵衛は足を速めた。

それはないだろうと、誰しも思うものの口に出して言う者はいない。

二

将棋会所に戻っても、やはり三兄弟の姿はなかった。

こんな短い間に気が変わることはなかろう。誰かの手により連れ去られたのは間違いがないと、誰しもが思った。

しかし、探ろうにも手立てがない。周りの掘っ立て小屋に住む住人に訊いても、たいした答は得られぬであろう。探そうにも打つ手がなかった。

半刻ほど梅白たちも交えて話し合ったが、さしたる良案も浮かばない。

「お香、何かあったら力になるぞ……」

とだけを言い残し、梅白と二人の付き人は千駄木へと戻っていった。

「いったいどこに行ったのかしら？」

梅白がいなくなったあと、お香は左兵衛に話しかけた。さっきから、同じことを幾度訊いたか分からない。

神田川の堤からの帰りしな、開いている店に数軒立ち寄り訊いてみたが、どこもみな、心当たりがないと首を振るばかりであった。

白昼に、四人の一家が忽然《こつぜん》と姿を消した。その光景を見ていた者は誰もいない。ただ一つだけ手がかりがあるとすれば、左兵衛が隣人から聞いた話である。

「――なんだか、さっきうるさかったみてえだが……」

となれば、もっと詳しく話が聞けるかもしれない。

「もう一度、そのお隣の人に話を訊いてみたいのですが」

お香が、左兵衛に言った。

「いや、あそこはお香が行くところではない。酷《ひど》い臭いでいたたまれなくなった。それとな、在処を訊くのに銭を欲しがりやがった」

「臭いのほうは、あたしも分かってます。あの子たちの苦労と比べたら、どうってこともありません。それと、お銭《あし》を欲しがるのは、かえって都合がよろしいのでは？」

「どうしてだ？」

「少し色をつけてお銭を払えば、もっと詳しく話をしてくれるかもしれませんし」

「なるほど……」

お香一人では危ないと、左兵衛も同行することにした。

「ちょっとすまねえが、また留守居を頼まあ」

三組ほどの客が向かい合って将棋を指している。左兵衛は常連の客に店番を任せた。同じ道を、行ったり来たりする日となった。

そして半刻後、失意のうちに左兵衛とお香は将棋会所へと戻ってきた。

まずは、隣人のところに行って小粒銀を投げ入れたものの、男からの返事は要領を得ないものであった。見てねえものは知らねえと突っぱねられ、結局銭だけ取られる羽目となった。

ほかの小屋を訪ねても、みな知らぬぞんぜぬで四人の家族がいなくなっても、気を止める者は誰一人いない。

「しかし、薄情なものですね」

会所に戻り、お香は憤りを口にした。

「いや、あそこの住人たちは、みんな他人のことなんか見向きもしねえのよ。かかわりたくねえってのが本音なんだろうな」

左兵衛の言葉に、お香が小さくうなずいた。

銀四郎一家の足取りは、ぷっつりと途絶えた。

「仕方ねえ、お香。やつらのことは、なかったことにして諦めようや」

「お席亭、そんな簡単に諦めるのですか？」

「だからといって、どうする？　もしかしたら、あいつらは望んでそっちに行ったのかもしれねえんだぜ」

「望んでとは……？」

考えられることでもあるが、あまりにも信じがたい話である。

なんの目的で一家を連れていったのか。それが皆目見当がつかない。さもなければ、気が変わって、自分たちから去っていったとも考えられる。

「やはり、別れるのがつらかったからでしょうか？」

いろいろなことが、お香の頭の中で回転する。詰め将棋よりも、はるかに解くのが難しい問題であった。


銀四郎たちが忽然《こつぜん》と姿を消して十日が過ぎた。

その間、奉行所にも届けを出してみたが、いかんせん宿無しがどこに行こうが勝手だとばかりに、取り合ってはくれなかった。

杳《よう》として、銀四郎と三兄弟の行方が知れない。

日が経つにつれ、お香の頭の中から三兄弟のことは薄れていった。知り合って、たった二日の仲である。その分だけ、気持ちが離れるのは早かった。

梅白たち三人は、お香から話を聞いているだけで、銀四郎親子とは顔を合わせてもいない。それでも、行方知れずになってから三、四日は、竜之進と虎八郎が聞き込みをしたがそれも徐々におざなりなものとなっていった。

それよりも、梅白の腰痛が悪化して、付き人の二人はそれどころではなくなっていたのだ。

梅白は腰痛、竜之進と虎八郎はその介護と気が回り、十日が経つとすっかり銀四郎たちのことは頭の中から消え去っていた。

そんなところにお香が、将棋指南の目的で訪ねてきた。

「ご隠居様、お腰の具合はいかがですか？」

まずは、梅白の容態を訊ねた。

「立ち上がれるんだが、少し歩くと痛くなってな。これでは、漫遊もできぬ」

「それはいけませんねえ、お齢《とし》がお齢ですし。ですが、少し養生をすればよくなりますわ」

お香の、慰めともつかぬもの言いであった。

「左様であるのう……」

お齢ですしと言うくだりでは、梅白の心は萎む思いとなったが事実でもある。齢《よわい》六十三は長寿でもあった。

「ところでお香の顔を見て思い出したが、その後はどうなった？」

「えっ、なんのことでございます？」

梅白の問いに、お香が訊き返す。

「ほれ、あの一家のことだが……」

梅白に言われ、お香の脳裏に銀四郎一家のことがぶりかえす。

「いえ、依然何もつかめず……」

と言ったものの、今ではお香の頭の中では無事であればいいとの願いだけが残っていた。

「それにしても、いったいどこに消えたのやら。気の毒な一家であるのう」

「あれだけ探してもいないのですから」

竜之進が、梅白に応じた。やはり、お香の顔を見れば、話は四人の親子のことに触れる。

「子どもたちの賭け将棋で食い扶持を稼いでいたと聞いたが、そんなに強かったのか？」

虎八郎がお香に訊く。

「ええ。子どもたちが賭け将棋をしているところをたまたま見かけ、あたしはお席亭に……」

紹介したと言おうとしたところで思い当たる節を感じ、お香の口は止まった。

「ご隠居様、ちょっと行きたいところができまして、きょうの指南将棋はあすにしていただけないでしょうか？」

虎八郎の発した問いが、お香の心を銀四郎一家に引き戻したようだ。

「それは一向にかまわぬが、何ゆえにだ？」

「はい。なんとなく気になることがございまして、無駄足になるかもしれませんが、深川まで行ってみようかと」

お香はこのとき思っていた。深川で真剣師を張る源三を訪ねてみようと。「——賭け将棋」と、虎八郎が言ったところでお香には閃《ひらめ》くものがあった。

——なぜに、今までそれに気づかなかったのだろう。

と、お香は自らを蔑《さげす》んだ。

しかし、それとて真《しん》をついたことではない。単なるお香の勘《かん》に過ぎないのだ。

「深川とは、遠いな。して、なぜにそんなところに？」

梅白の問いに、お香は真剣師である源三のことを語った。

「銀四郎親子がいなくなったのは、そのときの賭け将棋にかかわるとお香は読んだのか？」

「はい、漠然とですが」

賭け将棋が、どれほどかかわりがあるのか、無論お香には分からない。

「ですから、無駄足になるかもしれませんが、蛇《じゃ》の道は蛇《へび》に訊くのが一番かと」

「相手は無頼の輩ではないのか？」

梅白はこのときお香の側《そば》に、竜之進か虎八郎をつけようかと思った。

「いえ。形《なり》を見れば無頼そのものですが、気立ては母親を大事にするやさしい男のようでして」

「そうか。お香に何かあってはいけないと思い、竜さんか虎さんを一緒に行かそうと思ったのだが」

「このたびは、そのご心配にはおよばぬかと。そのうちに、助けていただきたいことが必ず……」

やってきますと言おうとして、お香は言葉を止めた。その裏づけはまだどこにもないのだ。

「分かったお香。わしは今はこんな体で満足に動けんが、竜さん虎さんが役に立つことがあったら、いつでも呼びに来なさい」

「ありがとうございます。あしたまた来ますので、何か分かりましたらお話しします」

と言って、お香は梅白のもとを辞した。

まだ昼前である。

お香は深川に行く前に、左兵衛と相談するため将棋会所に立ち寄ることにした。

三

将棋会所には、六人ほどの客がいてそれぞれ盤面に気を集中していた。

――五四角と打てば、王手飛車取りなのに。

お香は、その内の一局を一目にして思った。しかし、傍目《おかめ》では口に出しては言えない。

「あれ、お香。ご隠居のところに行ったにしては、帰りが早えな」

他人《ひと》の将棋に目が向くお香に、左兵衛の声がかかった。

――そうだ。こんなことをしている場合じゃなかった。どうも駄目だな、あたしは。

お香は、将棋と見れば見境なく目がいってしまう自分を詰《なじ》った。

「はい、考えるところがありまして。それで、お席亭にご相談をと……」

都合はいかがかと、お香が問うた。

「相談てのは、銀四郎親子のことか？」

左兵衛も、このところは三兄弟のことから頭が離れている。だが、お香の顔色からして、話はそのことではないかと直感した。

「はい。ちょっと、気になることがございまして」

「気になること？　だったらこっちで話をしよう」

客の対局の邪魔をしてはまずい。左兵衛は、客からは遠い席にお香を導いた。

「気になることとは、どういうことだ？」

席に座り、向かい合うなり左兵衛が訊いた。

「お席亭は、深川に源三という真剣師がいるのをご存じですか？」

「源三……ん、どっかで聞いたことがあるな。面《つら》は見たことねえが」

「そうでした。それは、先だってのあたしの話にありましたからでしょう」

おほほと笑ってお香は口を閉じた。

金太たち三兄弟のことを席亭に話した際、源三のことに触れている。

「そうか、お香から聞いたのだったな」

左兵衛も得心をする。

「その源三ってのがどうかしたのかい？」

「いえ。どうかしたってのではないのですが……」

銀四郎たちの行方不明は、賭け将棋が絡んでいるのではないかと、お香は自分の思いつきを左兵衛に語った。

「賭け将棋……だと？」

腑に落ちないのか、左兵衛の首が傾ぐ。

「ええ、なんとなくですが。でも、ここから当たってみる価値はあるものと」

「なるほどな。今まで、賭け将棋と考えたこともなかったからな。金太たちは、どこかの子買い屋にでも売り飛ばされて……」

「お席亭、それを言っては……」

お香は、首を振って左兵衛の言葉を咎めた。

「そうだったな、すまなかった」

思っていても、口に出してはならないことだ。もしもそうであったら、この後に会える望みは一切絶たれることになる。

この世には、さらった子どもを買いつけ、遠い異国に売り飛ばす稼業があると聞いたことがある。子買い屋に売り飛ばされるのなら、まだ賭け将棋にかかわっていてくれたほうが、ずいぶんとましだとお香は思った。

「それで、深川の源三さんに会えば、何か手がかりがつかめるかと」

「ちょっと待てお香。その源三ってのは、それほどの真剣師なのかい？」

「いえ、それは何ぶん分かりません。ですが、裏の事情に詳しそうで。やくざ者とも、つき合いがあるみたいで……あっ、そうだ。お席亭は、潮五郎一家って聞いたことがございますか？」

お香は、潮五郎一家の者と言った音吉の顔を思い出した。

「潮五郎一家といやあ、下谷あたりを庭場《なわばり》とする、的屋《てきや》だな。潮五郎ってのが元締めで、香具師《やし》たちを仕切っている」

「お席亭は、ずいぶんとお詳しいのですね」

「そりゃそうだ。潮五郎とは、ずっと昔ちょっとしたことで知り合ったが、ここ十年以上は会ってねえ。その、潮五郎一家と何がかかわりあるんだ？」

「その潮五郎一家に、音吉という若い衆《し》がいるのですが、源三さんを兄《あに》いって呼んでました」

お香は、先だって路地であった光景を思い出して言った。

「だったらお香。何もわざわざ深川なんぞに行くことはねえな。香具師とはいっても博奕はつきものだ。潮五郎なら真剣師のことに詳しいんじゃねえかな。しかし……」

左兵衛は顎《あご》に手をあてて、考え込んだ。

「いかがしました？　お席亭……」

「いやな……」

と、左兵衛が考えを口に出そうとしたところで、邪魔する声が入った。

「ごめんくださいまし」

「へい……」

左兵衛は言葉を止めて、客のほうに目を向けた。見ると、六十歳に届きそうな老体が一人立っている。初めて目にする客であった。

紬《つむぎ》の上等なものを着ている身形《みなり》は、大店《おおだな》の主《あるじ》か隠居に見えた。白髪の髷《まげ》に、深く顔に刻まれた皺から、商いの苦労を背負ってきた年輪を感じる。

左兵衛は立ち上がって客に近寄った。

「ここには初めてのようですが、どのぐらいでお指しになりますかい？」

左兵衛は客に、将棋の実力のほどを問うた。それを聞いた上で、しかるべき相手を紹介しようとの目当てである。

「いえ、将棋を指しにまいったのではございません。あなたがこちらの、お席亭でございますか？」

「まあ、そうですが」

将棋会所に席亭を訪ねてきたようだ。

「手前、本所《ほんじょ》は松井《まつい》町で、皿や茶碗などの陶器類を小物雑貨屋に卸しております『みのや』の主で、六左衛門《ろくざえもん》と申します。みのやは漢字でなく仮名で書きます」

「本所からですか。わざわざ、そんな遠くからこんなところの将棋会所に、どういったご用で?」

神田山下町と、本所松井町とは一里も満たぬが、歩いて将棋を指しに来るにはかなりの隔たりがある。しかも、両国橋で大川を渡らなければならない。将棋会所の客となるにはちょっと遠い。

「実は……」

と、言っただけで六左衛門の口は止まった。言いづらそうなそぶりで、会所の中を見回している。

「立ち話もなんですから、中のほうにどうぞ」

六左衛門を空いている席に導いた。しかし、瀬戸物問屋の主が、将棋会所になんの用事かと、訝しさが左兵衛の頭の中に宿る。

「お香、ちょっとすまねえが待っててくんな」

「はい。どうぞ、ごゆっくり」

左兵衛はお香の返事を聞いて、先に客の相手をすることにした。

お香が座る、隣の席に六左衛門を腰かけさせた。左兵衛と六左衛門が向かい合って座るのを、お香は所在なさげに見ていた。すると、六左衛門がお香の目を気にするようにちらちらと見やる。どうやら、邪魔者に見えるようだ。

何も言わずにお香は立ち上がると、将棋を指している客に近づき盤面を見やった。

——あいかわらず下手《へた》くそね。

と、思いながらも左兵衛のほうを気にする。

「……あのお客さん、何があったのかしら」

お香が、誰にも聞こえぬほどの声で呟《つぶや》いた。一里近くも離れているところから将棋会所を訪れる客は滅多にない。ここまで来る間にも、将棋会所は幾つかあるはずだ。両国広小路という繁華街にも、数軒は将棋囲碁の会所はある。

そこを素通りして来たのかしらんと、お香が思い浮かべたところで、目にしている盤面に変化があった。

「あっ、駄目。そこに王様が逃げちゃ……」

思わずお香が、他人の将棋に口を出した。

「ちょっと黙っててくれねえかい」

優勢に立った客のほうから、ひと文句が出た。

左兵衛と六左衛門の話がはじまっている。

「あたしは、席亭の左兵衛ってもんですが。それで、改めてお訊きしますが、こんなに遠い将棋会所になんのご用で？」

「ご多忙のところ、申しわけございません。これまで、あっちこっちの将棋会所を訪れましたが、どこも用件が満たさず、とうとう神田界隈まで足を伸ばしてしまいました」

「用件が満たさないとは……？」

いったいどういうことだと、左兵衛が問う。

「つかぬことをうかがいますが、こちらでは賭け将棋というものをやっておられますか？」

「賭け将棋ですって？」

左兵衛は、声を大きくして六左衛門の言葉を追った。その声は、お香の耳にも入る。お香に聞こえるように、左兵衛は声を大きくしたこともある。すると、同時に手を空かした客が三人ほど、左兵衛のほうを向いた。

「冗談じゃありませんよ。賭け将棋なんてのは天下のご法度ですぜ。そんなこと、こちらでやってるわけがございませんや」

これは、客たちの耳に聞かすための声であった。左兵衛の言葉に小さくうなずいた客たちは、盤面へと目を戻す。

左兵衛と六左衛門に向いているのは、お香の耳だけとなった。

賭け将棋と聞いただけで、このところ敏感になっている。それだけに内心では、左兵衛とお香は目の前にいる瀬戸物問屋の六左衛門に興味を抱いていた。

「とはいっても、賭け将棋とはいささか気になりますんで、どんなご事情かお聞かせいただけませんか」

ここでつっぱねたら、話は断ち切れとなる。

銀四郎親子のことと、多少なりとも結びつけばという気持ちを含んで、左兵衛は言った。

「そう言われましたのは、ここが初めてでございます。当たるところ当たるところ、みな賭け将棋と言っただけで、けんもほろろと取りつく島もありませんでしたから」

「そりゃそうでしょう。将棋会所の看板を出しているからには、中では賭け将棋なんてのはさせませんし、かかわりもありません」

お香が真剣師であることは、ここに来る客には伏せている。お香は一応、この将棋道場の師範代ということで通っていた。

「純粋に、誰しも将棋が強くなりたいって客ばかりでして。それと、お上の目が光ってますんでな。ちょっとでも、そんなことがあったらすぐに手入れとなってしまいまさあ」

「左様でございましたか。それでどこも、相手にしていただけなかったのですね」

「本来ならば、うちもそうしたいのですが……」

「ならば、聞いていただけますので？」

「ええ。手前は話も聞かねえうちに追い返すような、いけずなまねはしませんよ」

むろん、左兵衛の含みは別のところにある。

「しかも、せっかく遠いところを来てくれたお方に……」

「ようやく、話を聞いてくれるお席亭にお会いすることができました」

感が極まったか、六左衛門の目から涙が一粒滴《したた》り落ちた。それだけに、切羽詰った深い事情があるものと、左兵衛は受け取っていた。

四

　お香は対戦客の側に立ちながら、目では将棋盤を、耳では左兵衛と六左衛門の話を追っている。

「なんですって、強い将棋指しですかい？」

　左兵衛のしゃがれ声が聞こえ、お香は耳だけでなく、目をも向けた。

「強い将棋指しってのを、探し歩いているのですかい？」

「はい。将棋会所に来れば、そういうお方がいると思いまして」

「ですが、なぜにそんな将棋指しを……？」

　探しているのかと、左兵衛は問うた。

「実は、お恥ずかしい話、うちの馬鹿息子が博奕に手を出してしまい……」

「ちょっと待ってくださいよ」

　左兵衛は、六左衛門の話を途中で止めた。この先は、お香にも聞いておいてもらったほうがよいと思ったからだ。

「お香、ちょっとこっちに来てくれねえかい」

左兵衛は、席にお香を呼んだ。はいと言って、お香は左兵衛の隣に座る。

「こちらさんはだな……」

六左衛門の身の上はすでにお香の耳に入っているが、左兵衛は改めて紹介をした。

「これはお香と申しまして……」

こんな小娘を傍《かたわ》らに呼んでどうするのだと、そんな六左衛門の目つきであった。

「将棋道場の、師範代をやらせております」

師範代と聞いて、六左衛門の表情は驚くものとなった。

「ほう、師範代ですか」

意外だと、いった目で見ている。

「こう見えましても、このお香はめっぽう将棋が……」

「強いお方なのでしょうか？」

どう見てもこんな小娘がという風にしか、六左衛門がお香を見ていないようだ。

「しょうかですって？　しょうかとか、ですかってのは、他人《ひと》を疑る言葉だ」

左兵衛の、不機嫌なもの言いであった。

「いや、申しわけございません。こんなお美しいお嬢さんが将棋が強いとはつい……」

六左衛門は左兵衛の機嫌をこれ以上損《そこ》ねてはまずいと、お香に対し世辞を加えて言った。

「まあ、そんなことはどうでもよろしいのではございません。それよりも、あたくしにも聞かせていただけないでしょうか。ご事情があるみたいで」

「まあ、手前どもでお力になれることでしたら」

お香も左兵衛も、頭の中は銀四郎親子とのかかわりを辿《たど》りたいとの一念である。もしかしたらという思いで、六左衛門の話を聞くことにした。

「聞いていただくだけでも助かります。先ほども申しましたが、うちの馬鹿息子が博奕に手を出してしまい、土地家屋の権利書を持ち出してしまったのです。これがないと、店は人手に……」

「ちょっと待ってくださいよ」

左兵衛が、六左衛門の話を途中で止めた。

「はい、なんでございましょう？」

「六左衛門さんの話の中では、博奕は出てくるが将棋という言葉がありませんな」

「ええ、それはこれから出てきますので」

六左衛門の話がつづく。

「それで息子に、どうしてこうなったかを問い質《ただ》したのですが、何も喋ってはくれません。ただ、博奕に嵌《はま》っただけだとか。その博奕というのはなんだと訊いても、首を振るだけでして」

六左衛門の口から、将棋はまだ出てこない。

「賽子《さいころ》かと言っても首を振り、莫迦《ばかな》奈かと訊いてもうなずくでない……」

「あのう、莫迦奈ってのはなんですか？」

今度は、お香が六左衛門の話をさえぎった。

「莫迦奈ってのは、おいちょかぶみたいなものでして、札の出た目を足して末尾の数が『九』の近くになるほど強いらしいです。いえ、手前はやりませんよ、そんなもの」

そんなものと言っているわりには詳しいと、お香は思った。

さらに六左衛門の話はつづく。

「それで、あまりに頑《かたく》なに倅《せがれ》が口を閉ざすものですから、考えてみたのです。あんな馬鹿な息子ですが、将棋がめっぽう強くもしかしたらと思い問い詰めました。しかし、口での返答はないものの、首を縦にも横にも振らないところで、むしろ答が知れます。やはり将棋なのだと……」

六左衛門の口から、ようやく将棋が出てきた。しかし、直《じか》に馬鹿息子から聞いたものでなく、あくまでも六左衛門の勘ということであった。

「しかし、将棋でもって家財産を賭けるなんて、聞いたことがありませんが。手前どもが知っている賭け将棋なんてのは、せいぜい高くても一朱かそこいら。いえ、それすらここではやらせませんが」

将棋で家財産を賭けるなんて聞いたこともない。

左兵衛は手前上、高くても一朱と賭金を低目に言った。実際のところは、真剣師ならばもっと相場は高い。それでも、一局につき一両がせいぜいである。

「ですから、息子さんが手を出した博奕ってのは、将棋ではございませんな。お香はどう思う？」

左兵衛は、六左衛門に向けていた顔をお香のほうに動かした。

「はい、将棋ではそんなに大きな勝負はしないでしょう」

お香は、大きくうなずく。

「申しわけありませんが、ここは手前らの出る幕ではございませんな」

やんわりと左兵衛は、断りを入れた。家財産と聞いて、かかわることに怖気《おじけ》を感じたからだ。

お香は、梅の花が咲いているこの年のはじめごろ、大名同士の一万石の領地を賭けた将棋にかかわったことがある。それに比べれば、家屋敷などは取るに足らないが、町人が賭けるにしてはとてつもなくべらぼうな対象であった。

左兵衛とお香は、銀四郎親子を捜す手がかりになるのではないか、との思いが先に立っているのだが。

「とてもそんな将棋に……」

銀四郎親子はかかわりなかろうと、お香は左兵衛に向けて小さく首を振った。左兵衛も小さくうなずきを返す。

「お気の毒ですが、やはり当方では……。申しわけない、聞かなかったことにしておきます」

左兵衛は、がっくりと肩を落とした六左衛門に向けて、再度断りを告げた。

「仕方がございませんねえ。こんなちっぽけな将棋会所に、話をもち込んだ手前が愚かでした」

話をさせておいてこんな応対かと、いや、いやみの一つも言いたかったのだろう。六左衛門の口から左兵衛を刺激する言葉が出た。

「こんなちっぽけな将棋会所ですみませんな」

「いや、お気に障《さわ》ったら申しわけない。将棋の師範代に、こんな娘さんを据えておくところですからな、そう思っただけです」

いやみが重なる。

お邪魔しましたと言って、六左衛門は将棋会所から出ていく。そのうしろ姿は、来たときよりも小さく見えた。

六左衛門を見送ったあと、左兵衛とお香は再び向かい合う。

「お気の毒でしたが、仕方ございませんよね」

「最後は毒を吐いていきやがった。わしなんかは、気の毒ともなんとも思ってないぞ」

憤慨こもる、左兵衛の口調であった。

「それにしても、家財産を賭ける将棋なんて、町人の間でもあるのですね」

「大店の主同士だったら、あるかもしれんしないかもしれん。いずれにしたって、ここにはかかわりないことだ。それよりお香、さっきの話のつづきをしよう。どこまでいってたかな？」

お香と話し合っていたところで、六左衛門の邪魔が入った。

「……本当に将棋で家屋敷を賭けたのかしらん？」

左兵衛の促しにも、お香の顔は別のほうに向いている。呟くお香の声が左兵衛の耳に入った。

「まだお香は、あんな男の言ったことを考えているのか？」

「はい、気になることが一つありまして」

「気になること？　……あの話の中でか」

「はい。お席亭は気になりませんでしたか？」

「お香の言っていることが分からんが」

左兵衛は天井を向き、六左衛門の言ったことをなぞってみるが、首が傾《かし》ぐばかりであった。

「うーん、やはり分からんなあ」

と言って、左兵衛は上に向けた顔をお香に戻した。答を教えてくれとの顔つきである。

「たしか、六左衛門さんはこんなことを言っておられませんでした？」

それが何かと、左兵衛の訊ねる顔が向く。

「それはですね、『――口での返答はないものの、首を縦にも横にも振らないところで、むしろ答が知れます』って言ったところです」

「どうして、そこが気になるのだ？」

「その裏に、とてつもなく大きな謎が隠されているのではないかと」

「家財産だって、相当にでかいぞ」

「いえ、そうではなくてですね、馬鹿息子というのは、口では言えないほどのことをまだまだ、抱えているのかもしれません」

「口では言えないほど？……だから、親にも黙っているのではないのかね」

「そんな、単純なものではないと思われますが……」

言ってお香は腕を組んで考えに耽《ふけ》る。その様子は、まるで将棋の手を読む姿そのものであった。

五

瀬戸物問屋『みのや』の主六左衛門がもち込んだ、巨額が動く博奕。それに将棋がかかわっているかもしれない。

――もしそうだとしたら。

「いやいや、違うわ……」

ぶつぶつと、ぼやきのような呟きがお香の口から漏れる。

いやいや違うわって、何を考えているんだと、傍《そば》で聞いている左兵衛は思うがそれを問うことはなかった。思考を邪魔してはまずいと思ったからだ。

「でも、もしかしたら……」

これも、考慮中のお香の呟きである。

「いや違う。あれはこうなって、ああなると、こうくる……うーん、分かんない」

まるで、将棋の手筋を読み耽っているようなお香の呟きであった。

「……まったく、何を考えているのか、頭の中をかち割って見てみてえな」

長考に耽るお香を、左兵衛は頼もしそうな目をして見やる。

しばらくして――。

「なるほど、そういうことか」

これが将棋であれば、お香の次に指す一手が決まったようだ。しかし、今は将棋を指しているのではない。

「何が、そういうことなんだ？」

お香が何か答を見い出したようだ。左兵衛は、期待の目を向けて問うた。

「いえね、お席亭。ちょっとばかり考えてみたのですけど……」

「ちょっとばかりでは、なかったみてえだぞ」

傍で見ていると、かなりの長考であった。だが、当人にとってはあっという間なのだろう。将棋や囲碁棋士の、頭の回転の速さは凡人にはとっては、とても想像がおよばぬところである。

「それで、そういうこととかとは、どういうことなんで？」

「まずは、財産を賭ける博奕を将棋とした場合です」

「うん、それで……」

興の湧いている左兵衛が、身を乗り出す。

「その将棋に、銀四郎兄さん親子がかかわっていると仮定しました」

「なるほど……」

左兵衛が大きくうなずく。お香の、この先の話に気持ちが引かれる。

「もしかしたら、六左衛門さんの馬鹿息子の相手が金太ではないかと」

「もしかしたら、と言った呟きはこれであったか」

少しだけ、お香の頭の中身が分かった気がした左兵衛であった。

「でも、やはり考えてみると違いました」

「ぼやきでも、違うとか言ってたが……？」

「あたし、そんなことを言ってました？」

「ああ、言ってたみてえだ」

当人には、気づかぬことである。

「それで、何が違うんだ？」

「どう考えても、金太と家財産は結びつかないでしょう。でも、ああなると……」

お香の、ぼやきどおりの話の展開となってきた。

「その『ああなると』とは……？」

すかさず、左兵衛が訊く。

「よからぬ輩たちが後ろ盾についたとしたらと思ったのです」

「なるほど、ああなるとだな」

左兵衛は、得心してうなずく。

「だけど、そのあとの『こうくる』ってのはどんなことだ？」

「あたし、そんなことを言いました」

「ああ、言った」

「そうですか。でしたら、多分こんなことを……」

と言って、お香は空を見つめた。そのあたりのことを思い出しているのであろう。

「それが、六左衛門さんの話なのです。馬鹿息子がその博奕将棋に負けて、にっちもさっちもいかなくなり、ここに相談に来る」

「こうくるってのは、ここに相談に来るってことか？」

たしかに『こうくる』であったが、左兵衛はもっと別の答を期待していた。

「それからってもの、考えが堂々巡りとなりまして……」

「それで『うーん、分かんない』で、あったか」

結局、お香は次の一手に手を焼いていたのであった。

「だが『そういうことかって』しめえにゃ、納得したみてえだが……」

「ええ、はい。やっぱりあたしは将棋指し。戯作者のように、物語は作れませんわってことです」

「そういうことかってのは、その納得のことか？」

「左様です」

「左様ですってな……」

無駄なときを過ごしたと、左兵衛はそのとき思った。

振り出しに戻して考えねばならぬ。六左衛門のもたらした話が、左兵衛とお香に、再び銀四郎親子を捜す思いを蘇《よみがえ》らせた。

「この際だ、銀四郎親子のことを、親身になって考えてやろうぜ。なあ、お香」

いっとき遠ざかっていた銀四郎親子失踪の件を、ほじくり返そうと左兵衛は言った。

「もとよりでございます。あたしも、なんとなく近くにいそうな気がしてきましたから」

「近くにってか？　そいつは、どこだ」

「いえ、近くとはそういうことではなく、捜せば手の届くっていうことです。ですが、とてつもなく深いところに」

「深いところといえば、井戸の中か？」

「そういう深さではなく、あたしらが入ってはいけないところ。深ーい深ーい闇の、そのまた闇の奥深く……」

声音を落とし、おどろおどろしたお香の口調となった。

「なんだか、おっかねえな」

いかつい顔をしかめて左兵衛は言う。

「はい、そんなところに兄さん親子は閉じ込められているのではないかと」

「お香は、戯作者になったほうがいいんじゃねえか」

というものの、左兵衛もお香の考えに同調できると思っていた。

「将棋や囲碁棋士も大変ですけど、戯作者も大変みたいですわよ、売れるのに」

「そんなことはいいけど、お香。今、おめえが言った捜せば手の届くところってのを、とりあえずつき止めてみようじゃねえか」

「はい、お席亭。こうなったら、どうしても金太とお桂と銀太を捜し出してあげねば」

お香は、気合を入れるために片袖をまくった。細く、白い腕があらわになる。

「今ごろは、その白くて細い腕が早く来てくれねえかと、三兄弟は心待ちにしているぜ」

言いながら、今度は左兵衛が腕をまくる。筋肉のついた、太い腕であった。

「その太い腕が頼りでございますね、お席亭」

「いや、こいつは見かけ倒しだ」

銀四郎親子を見つけ出したとしても、その細くて白い腕と、太いが見かけ倒しの腕でどうして深い闇の中に入り込もうか。それが問題だと、左兵衛とお香は思案の腕を組んだ。

「ところでお香……」

「はい、なんでございましょう？」

「おめえ、覚えているか？　六左衛門さんが来る前に俺と話していたことを」

「ええ、はっきりと」

棋士の記憶がよいのは折り紙つきである。なにせ、終局したあとに、その一局の指し手を丸ごと覚えているのだから。いや、それだけで驚いてはいけない。過去の対局の棋譜が、頭の中にすべて収められているのだ。

お香は、六左衛門が来る前の記憶を呼び起こしていた。

「いやな……って、お席亭が言ったところで六左衛門さんがごめんくださいと言って入ってきました」

「俺は、なんで『いやな』なんて、言ったんだっけ？」

「それは分かりませんが、いやなと言う前に、深川なんぞに行くことはねえ。香具師と博奕はつきものだ。潮五郎なら真剣師のことに詳しいとかなんとか。そして、しかしと言って、顎に手をあてて考え込んだご様子でした」

「そうだったな。よく覚えていやがったなお香は」

「そのぐらい覚えていなければ、将棋指しとしては……」

失格だと言おうとして、お香は慌てて止めた。棋士崩れの者の前では、失格とは言いづらい言葉であったからだ。

「分かったよ、お香。俺も将棋指しの端《はし》くれだが、棋士として一端《いっぱし》になれなかったのは、おそらくそのせいだな」

「まあ、そんなことはどうでもいいとして『いやな……』と言った、次の言葉が知りたいものですねえ」

「うん。潮五郎は真剣師のことに詳しいと思い、わざわざ深川まで行くことはねえって言ったんだが。そこで、しかしとなったんだな。あっ、そういうことかお香」

「どんなことでしょう？」

「いやなって言ったのはだな、潮五郎のところに行くのはどうかなと思ったのだ」

「どうしてでございます？」

言いづらいのか、左兵衛の語りに一拍の間が空いた。

顎に手をあてて考えるのは左兵衛の癖である。

「ちょっと考えてみたらな……」

左兵衛が顎から手を離し、潮五郎の話をしようとしたところであった。

六

「ごめん……」

と言って、またも左兵衛の話を邪魔する客が入ってきた。

お香と話をするより、商いのほうが大事である。左兵衛は言葉を止めて客のほうに気持ちを向けた。

「いらっしゃいませ」

見ると齢《とし》が四十前後の侍であった。腰は大小二本差しで、月代《さかやき》はないが、髷はきちんと整えられている。家紋のついた黒羽二重の着流しを、子持縞《こもちじま》の角帯で締めている。

一見《いっけん》、身形は浪人のように見えるが、それほど落ちぶれた風ではない。

「どのぐらいでお指しになるのでしょう？」

侍が将棋会所に通うのは珍しくないが、ここには初めての客である。いつものように一見《いちげん》の客に対する左兵衛の応対であった。

「いや、拙者は将棋を指しに来たのではない。こちらにお香という娘がいると聞きおよんで来たのだが……」

「お香、おめえにお客さんだぞ」

左兵衛は引っ込むと、奥の席に座るお香を呼んだ。

「あたしにですか？」

お香のところからも、侍の姿はよく見える。お香は立ち上がると、ゆっくり侍に近づいた。

いきなり斬りつけられることも考えられる。大刀が抜かれても届かないところでお香は止まると、小さくお辞儀をした。

「お香はあたしですが」

「おお、そなたがお香か。もっと齢を食っているものと思ったぞ」

お香を見て、侍の目が輝きをもった。その目に不穏なものが感じられず、お香は幾分安堵する思いとなった。だが、自分を訪ねてきた用件が気にかかる。

「拙者、二百石の禄をいただく御家人《ごけにん》であるがな……」

威張ったもの言いで、御家人は言った。

たかだか二百石取りの無役の御家人である。昔は将軍家治《いえはる》のお抱え棋士であったお香である。

「その御家人さんがどうかなされました？」

言葉に物怖じがない。

「さすが御俠《おきゃん》と聞きおよんできただけのことがある。武士相手でも、臆面がないな」

「それで、どのようなご用件でございます？」

語尾を吊り上げ、お香が訊く。

「そなたは、下谷長《したやちょうじゃ》者町の大和屋《やまとや》を知っておるか？」

「大和屋といえば、主は七郎二郎左衛門《しちろうじろうざえもん》さんですか？」

大和屋七郎二郎左衛門は、お香の指南将棋の弟子である。下谷長者町で小荷物運搬業を商っており、以前に貫太郎《かんたろう》という息子の拐かし事件にかかわったことがある。七郎二郎左衛門は、お香のよく知る名であった。

「その七郎二郎左衛門からそなたのことを聞いてきた」

「左様でございましたか。それで、お武家様のお名は？」

「そうだ、まだ言っておらなんだの。拙者は大塚須鴨《おおつかすがも》と申しての、二百石取りの……これは先ほど申したの」

「大塚様も将棋がお好きでございますか？」

七郎二郎左衛門は、さほど将棋が強くはない。梅白とどっこいというところだ。だが、好きということでは引けを取らない。強いと好きは、まるで別ものである。お香は大塚も、強さからすればその程度かと思った。

「好きかと訊かれれば、好きと言わざるをえまい。なにせ、朝起きて一局、昼飯食って一局、そして夜寝る前に一局という具合に指しておるな。一局というは、一番ではないぞ。少なくても、三番は指す。毎日九番以上は指しているということだな」

「それは、たいしたご精進でございます。お見それいたしました」

「だがの……」

言って大塚は、虚空を見つめて考え出した。

「下手な自慢というのは、するものではないな」

「えっ、いったいどういうことで？」

「たしかに拙者は、旗本御家人の内でも将棋が強いと言われておる。そこで、かなりの天狗になっておったのだな。拙者の威張ったもの言いが、ある者の耳に伝わり勝負を挑まれたのだが……」

ここで大塚の言葉は一度止まる。首を振るって、顔は無念の表情を示している。

「おや、いかがなされました？」

「いや、すまぬ。将棋は強いと言っても、所詮は素人に幾らか毛がはえたもの。上を見たらきりがなかろう」

店先での立ち話である。話し声がほかの客に迷惑になると、お香は離れた空いている席に、大塚を導いた。左兵衛が一人、所在なさそうにしている。

「お席亭も、一緒に聞いていていただけないかしら。よろしいですよね？」

お香は隣の席に座る左兵衛に声をかけ、そして大塚に訊いた。そうでないと、その先の話は聞かぬと顔に書いて。

「それはかまわぬが……」

大塚から聞いた話を、お香は大まかに左兵衛に語った。

「それで、どこまで話したかな？」

大塚須鴨の話が再びはじまる。

「上を見たらきりがなかろうというところまででしたかしら」

「左様であったな。そこで、拙者に勝負を挑む果たし状が舞い込んだのだな。それが剣の立会いではなく……」

将棋での勝負を申し込まれたと言う。

「拙者は、うっかりとその勝負に乗ってしまっての、拒むことが叶《かな》わなくなった」

「でしたら、いっそのこと勝負なされたらいかがですか？　そんなことで、何も……」

相談ごとでもなかろうと、お香はつっぱねた。今、左兵衛と大事な話をしているところである。早く引き取ってもらおうと、邪険な言葉となった。

「そう言わんと、最後まで話を聞いてもらえぬか。そこで、果たし状を最後まで読むとな、小さな字で三百両を賭けてと、但し書きが添えてあったのだ」

三百両と聞いて、お香と左兵衛は顔を見合わせた。つい先ほど聞いた話も三百両ではないが、大きな勝負事である。まったくの符合に、呆《ほう》けた二人の表情となった。

「いかがしたかな？」

お香と左兵衛の表情の変化に、大塚も怪訝な顔を見せる。

「それで、挑まれたのはどちらからでしょう？　先ほど、ある者からとおっしゃられておりましたが」

お香が、俄然話を聞く態度となって、身を乗り出した。

同じ日に、同じような話が舞い込んだ。片方は、すでに家財産が取られるほどの負けをこしらえ、もう片方はこれから作ろうとする違いはあるが。

「それが、某藩に勤める中間《ちゅうげん》で兆次《ちょうじ》とか申してな。そんな者からの果たし状だ。小博奕と思い、たいして読まずに返事をしてしまった。そうしたら、三百両であろう。三百文ではないぞ。負けたらとても三百両など払いきれぬわ」

がっくりと肩を落とし、大塚は話を止めた。

「それにしても、中間ごときが三百両の勝負を挑むとは？」

左兵衛が首を傾げて、お香に向いた。

「不可解でございますねえ。それと、先ほど来ました六左衛門さんの話と、もしかしたら……」

「一致するかもしれんな」

博奕の内容が将棋かどうかは、いまだ半信半疑である。しかし、御家人大塚の話を聞いて、俄然ありうることだと得心ができた。

「お席亭、ここは六左衛門さんのほうへ先に行ったほうが……」

お香が、小声で左兵衛に話しかける。

「そうみてえだな」

二人のひそひそ話に、大塚が眉を顰《ひそ》めている。左兵衛の返事を聞いて、お香の顔が大塚に向いた。

「それであたしに何をしろと？　三百両を都合してくれと申されましても……」

「いや、そんなことではない。拙者の棋力がどのぐらいなものか、見ていただきたいのだ。その兆次とかいう者と相手になれるかどうか」

「兆次という人が、どのくらいで指すか分かりませんとなんとも」

「だったら、人伝《ひとづ》てに調べたところ素人将棋の三段くらいと聞いている。その三段というのがどれくらいか分からんでな」

「素人将棋の三段ですか」

と言って、お香は将棋の駒を並べはじめた。

「ちょっと、指してみましょう」

「お願いできるか」

大塚も、慌てて駒を並べはじめる。

平手では、あっけなく勝負がついた。

「恐ろしく、強いですな」

脂汗《あぶらあせ》を垂らし、大塚のほうが兜《かぶと》を脱いだ。

「今度は、飛車を落として指してみますか」

さすが、飛車を落とすと手強くなる。お香も熟考《じゅっこう》する手が増えてくる。それでも、お香が押し切って勝った。

ふーっと、息を吐いてお香はおもむろに口にする。

「素人将棋の五段ほどはあるかしら。お強いですわ」

三段以上の実力はゆうにあると、お香は説いた。

「ただし、幾ら上とはいっても相手の土俵で戦っては駄目。そこに気をつけることですね」

「うむ、分かった。どうせ挑まなければいけない勝負だ。おかげで、自信が漲《みなぎ》ってきた。三百両はこちらのものだ。おやじ、席料だ取っておけ」

と言って、大塚は懐から巾着《きんちゃく》を取り出すと一朱を抜いて将棋盤の上に置いた。

「いま、おつりを……」

「いや、いらぬ。指南をしてもらったからの」

黒羽二重の裾《すそ》を翻《ひるがえ》し、来たときとは別人のように、颯爽《さっそう》として大塚須鴨は帰っていった。

七

御家人である大塚の話と符合するか、左兵衛とお香は潮五郎のところより先に、本所松井町の瀬戸物問屋みのやの六左衛門を訪れることにした。

将棋の博奕で三百両だろうが家財産だろうが、誰が損しようが、儲けようがお香たちにはかかわりのないことである。ただ、一つだけ気になったことがあって、お香と左兵衛はちょっとだけ首をつっ込むことにした。

「――某藩の中間ごときが大勝負」

大塚の言ったこの一言が気にかかる。

「一刻ほど、留守居をしていてくれねえかな。席料はまけとくから」

「ああ、かまわねえよ。ゆっくり行ってきな」

まだ、夕七ツの鐘は鳴っていない。暮六ツまでには行って帰ることができるだろう。左兵衛は留守番を、常連の客に任せた。

お香と左兵衛が、神田川の堤まできて川原を見ると、銀四郎親子が住んでいた小屋はすでになくなっている。自然に壊れたか、取り潰されたかは定かではない。

「あのへんに住んでましたのよねえ」

川原を指して、お香は左兵衛に言った。

「ああ、そうだったな」

ここに住み着くまで、銀四郎にはいろいろなことがあったのだろうという感慨を抱いて、左兵衛とお香は歩きはじめた。

和泉橋を渡り、柳原通りに出たときに、夕七ツを報せる鐘が遠くから聞こえてきた。南風に乗るのは、日本橋石町《こく》の鐘か。本撞きの余韻に特徴があった。

速足で歩けば、四半刻ほどで本所松井町まで行ける。

両国橋を渡り、国豊山回向院《こくほうざんえこういん》の山門を見て右に折れると一町ほどで竪川《たてかわ》に出る。大川《おおかわ》への吐き出しに近い一ツ目之橋《ひとつめのはし》を渡って川沿いを行けばすぐに本所松井町である。

「おお、あそこだ」

軒下にぶら下がる『瀬戸物問屋』と書かれた看板を見て左兵衛は言った。

「おや、おかしいな」

店前に立つと、間口四間の大戸が下りている。

「お席亭、何か張り紙のようなものが」

間口四間があれば大店の部類である。その戸板に貼ってある書状をお香が見つけた。

「なんて書かれている……どれどれ」

左兵衛とお香は、貼り紙に書かれた文字を黙読した。

建物内に立ち入るべからず
家屋および土地の所有者は本日より
伊勢《いせ》国桑田《くわた》藩の物件とあいなり候
尚　当物件買いたし者あらば相談に応ず

「きょうの今日のことだぜ」

六左衛門が、左兵衛の将棋会所を訪れたときには、すでに差し押さえられていたのだろう。

帰ってこれを読んだときの、六左衛門の落胆振りを思うと言葉も出ない。

二人は、しばし店の前で佇《たたず》んでいた。

「そうだ、六左衛門さんと、ご家族は？」

ようやくお香が言葉を発した。

それから二百坪ほどある建屋の廻りを一周して、中の様子をうかがう。

裏に回り、木戸を叩いてみるが人のいる気配がない。

「追い出されちまったのだろうなあ」

「賭け将棋で、これほどの店と屋敷が取られるものですか？」

「いや、額は関係ない。たとえ借財が一両だろうが、払えないときの質権《しちけん》とすれば、家財産はもっていかれちまう」

「それは分かっておりますが……」

気の毒で仕方がないと、お香の気持ちがめげる。

「お香、ここにいても仕方がない。帰ろう……」

と、左兵衛が言ったところに、遠くのほうから大八車を牽《ひ》いてくる男の姿が見えた。竪川沿いを、こちらに向かってやってくる。手代風の若い男であった。

大八車が、店の前で止まり手代風は仰天の顔をして店の前につっ立っている。お香と左兵衛の存在には気づかないようだ。

「……もしかしたら」

お香は、若い男に声をかけた。すると、一筋の涙を垂らした男がお香に向いた。

「お店の方ですか？」

「ええ、はい……手前、手代の米吉《よねきち》と申します。配達から戻りましたら、こんなことになっちまってて」

訊かずとも自ら米吉と名乗った男は、お香と同じほどの齢に見える。

「お店、どうしちまったのかねえ？」

左兵衛が、米吉に訊いた。

「いえ……」

唇を嚙《か》んで首を振るところは、米吉にもある程度のことは分かっているようにも見える。しかし、見ず知らずの者に、そう簡単には家の事情など教えられるはずもない。

左兵衛は、米吉から事情を聞き出そうと試みることにした。

「先刻、ここのご主人である六左衛門さんてお方がうちにまいりましてねえ……」

「大旦那がですか？」

「そうです。若旦那さんが、とてつもない借金をこしらえたとかで、ご相談に」

「えっ、大旦那がそんなことを。失礼ですが、あなた方はどちらさんですか？」

左兵衛とお香は、自らの名を語り身の上を明かした。お香は、将棋師範代ということにしてある。

「左様でしたか。若旦那が賭け将棋に手を出し、ゴタゴタがあったのは知ってますが、それにしても、こんなことになるなんて」

苦渋のこもる、米吉のもの言いであった。二人は、米吉から詳しく話を聞こうと道の端に米吉を寄せた。

「実は……」

六左衛門とのやり取りが、左兵衛の口から話される。そして、左兵衛とお香がここに来た理由《わけ》を語った。

「それで、将棋会所のお席亭に大旦那がご相談にうかがったのですか」

「みのやさんではいったい何事があったのです？」

お香の問いに、米吉は小さくうなずき、まずはみのやの内情から語りに入った。

米吉の話では、さほど大きな商いはしていなかったらしい。大旦那の六左衛門と息子の六市郎《ろくいちろう》、そして奉公人の米吉との三人だけの店であった。そこに、今年五十歳になる六左衛門の内儀がいて、四人がこの家に住んでいた。

「以前から商いは芳《かんば》しくなく、いつ店を閉めてもおかしくなかったのです。先月は支払いも滞《とどこお》り、品物の生産業者からやんやの催促をされてまして、荷を運ぶ廻船問屋からも請求が激しくなっておりました。その額、百両が足りずなんとかせねばと、若旦那が手前に相談されました。あれは、七日ほど前のことでしたか……」

そのときのことを、思い出しながら米吉は話す。

六左衛門がいないところで、米吉は六市郎から話しかけられた。

「──この店はもう終《しま》いだ。だがな、三百両あればどうにか立ち直れる。米吉は、おれが将棋の強いことを知っているよな」

「ええ……ですが、まさか若旦那」

それが、三百両を賭ける勝負とは米吉も思わなかった。

「きのう、久しぶりに両国の会所に寄ったらな、そんな話をもちかけられたんだ」

「どんなです？」

「どこかの屋敷の中間みてえなのが近づいてきてな、三百両の勝負をしてみねえかって。なんで、おれにもちかけたか知らないが……」

「それは、若旦那が常日ごろから博奕好きなのを知ってたからでしょ。そんな臭いを感じたんでしょうよ」

「それはどうでもいいがな。だったらおれは、この家を賭けてみようと思ってんだ」

「なんですって？」

さすがに、米吉も驚きの声を返した。

「大声を出すな。親父に……いや、留守か。早かれ遅かれ、どうせ他人《ひと》にもっていかれちまう家だ。だったらここで、のるかそるかの勝負に出ようと思ったってわけだ」

「ですが、売れば……」

五百両になるだろうと、米吉は言う。

「いや、売ってたんじゃ間に合わねえ。親父は今、金の工面に行ってるんだぜ。なんせ、ここを抵当に百両の証文を書いちまったからな。その払いがあしただ。それをチャラにするため、ほかから借りようって寸法だ。百両を貸して、五百両になれば誰だって貸してくれる。ただ、その間にどんどん利息というのがついてくらあ。この家屋敷の抵当だったら、三百両がいいところだろう。それ以上は借りられねえ。それに、急いで売るとなったら足元を見られる。もう、売って返すことなんか、できねえんだよ」

六市郎は、吐き捨てるように言った。

「親父には絶対黙ってろよ。おれは財産を賭けて、三百両作ってくるから」

「大旦那に黙ってろっていいますが、なぜに手前なんかに？」

「おまえには、世話になった。万が一、おれが負けることもある。身の振り方を、今のうちに考えておけってことだ」

そのときのことを、米吉は思い出しすべてを晒《さら》した。

「三日前の夕。それは落胆した姿で若旦那は帰ってきましてね。その様子で、結果は知れました。そして、きのうのことです」

土地家屋の権利書がなくなり、六左衛門が大騒ぎをして様子のおかしくなった六市郎を問いたてる。

「普段から博奕の好きな若旦那です。これは六市郎さんの仕業と大旦那さんは見抜き、問い詰めました」

それからの経緯は、左兵衛にもお香にも知れるところだ。おそらく六左衛門は強い将棋指しを捜して、権利書を取り返してもらいたいと思ったのだろう。考えるだけで無理な話なのに、それだけ切羽詰っていたからと、藁《わら》にもすがる六左衛門の気持ちが知れた。

「権利書がないと、債権者に言い訳が立たないからな。悪ければ騙《かた》りで訴えられ、死罪もありうる。なんせ、十両盗めば首が飛ぶというしな」

左兵衛が、苦々《にがにが》しい顔をして言った。

「それにしてもこの貼り紙には、伊勢国桑田藩とありますね」

お香が、大戸に貼ってある紙を見て言った。

「ああ、大塚という御家人に勝負をもち込んだ中間は、おそらく六市郎さんにもちかけた男と同じかもしれん。それも、伊勢国桑田藩の中間ってことか。となると、権利書を取り返そうなんて難儀なことだな。藩を挙げての企てかもしれねえからな。っていうことは、まだまだ出るぞ、みのやさんみたいなところが」

「大塚様は、お武家さんですが？」

お香が、話を混ぜた。

「いや、御家人株ってのも立派な財産だ」

「他人の財産を、根こそぎ取り上げるって企てなんですかね」

「どうやら、そのようだな」

将棋を、そこまで悪どいことに使う輩を許せない。お香の心は、憤りではちきれんばかりとなった。

「ところで、若旦那というのはそれほど将棋が強かったのですか？」

「はい。行きつけの将棋会所では、敵《かな》う者がいないといってました。手前は将棋をやりませんので分かりませんが」

「先ほど、両国と言ってましたよね」

「はい。ですが、屋号までは……」

知らないと、米吉は言う。

「お香、両国には知り合いの会所があるから、帰りしなにそこを訪ねてみるか」

そうしましょうと、お香の返事があった。

みのやの大変な事情を聞いて、お香の心は折れる思いとなった。

「今ごろ六左衛門さんとお内儀さんは……」

心痛を思えば泣けてくる。お香は袂《たもと》で目頭を拭いた。

「先ほど、もっと詳しく話を聞いてあげればよかった」

後悔も、口から漏れる。

「仕方があらんさ、お香。わしらだって、精一杯の返事をした。もし、今の話を知ったからって、どうにもならんさ。相手が、藻ぐるみであったなら、とくにな」

「あたし、ご隠居に話してみようかしら」

梅白のことをよく知らぬ左兵衛は、お香の言葉を黙って聞いた。

「あっ、そうだ」

そのとき米吉が、何かを思い出したようで、素《す》っ頓狂《とんきょう》な声を張り上げた。

「若旦那が、悔しいとこぼしてました」

「こぼしてた……口をかい?」

「ええ、相当悔しがってましたね。なんだか、子どもにやられたとか言って……」

「なんですって?」

「なんだと!」

お香と左兵衛の口から、驚きの声が同時に米吉にあびせられた。

「どうなされました?」

急激な二人の変化に、米吉は怪訝な顔を向けた。

どこへ行くよりも、六市郎と真っ先に会いたい。

「六市郎さんは、どこに?」

お香は体ごと前に出し、米吉に詰め寄った。

「行ったのだ?」

左兵衛が、その脇から同じように詰め寄る。

その二人の態度に、米吉は萎縮する。首をすぼめて、お香と左兵衛の顔を交互に見やった。

第四章　禁じ手の一局

一

米吉に問い質《ただ》しても、六市郎の行方は知れるものではなかった。米吉でさえ、配達帰りで、こんなことになっているなど知る由もなかったのだ。

「申しわけございません。本当に、何がどうなっているのやら……」

わけが分からないのは無理もあるまい。

「心当たりもありませんかねえ?」

是が非でも六市郎の行方を知りたいと、お香はそれでも米吉に詰め寄った。

「心当たりと申しましても、若旦那の行くところは将棋会所か賭場《とば》かでして……まさか、こんな大事なときにそんなところに出入りはしていないでしょう」

「言い寄った女はいなかったので？」

これは、左兵衛の問いであった。

「若旦那は晩熟《おくて》でして、そんな噂はとんと耳に入っておりません」

「みのやさんのご親戚筋は？」

一家して頼れるのは、真っ先に親戚か友人のところと思い浮かぶ。

「旦那様は、国を捨てて江戸にやってきて一代でみのやを築いたと。親類縁者はどこにもいないと言ってました。奥様の実家は……」

とにかく、一家が頼って行けそうなところはどこにもないと、米吉は言った。

「今ごろは、どこを……？」

さ迷っている姿が、お香の脳裏をかすめた。しかし、その背景は見えない。三人一緒か、ばらばらなのか。途方に暮れる悲惨さだけが、思い浮かび、お香の胸を締めつけた。

「……伊勢国桑田藩か」

もう一度貼り紙を読んで、恨めしく思うお香であった。

――この藩に、銀四郎親子は牛耳《ぎゅうじ》られているみたい。

お香の第六感であった。となると、どうしても六市郎から話を聞きたいとの思いが募る。

「お席亭……」

お香は、米吉からここでこれ以上話を聞き出すのは難しいと、左兵衛に向けて小さく首を振った。だが、米吉と別れがたくもある。

「なんだお香？」

「米吉さんを、お席亭のところにお連れしたらいかがでしょう？」

「えっ？」

お香の提案に驚いたのは米吉本人であった。

「家の中に入れず、どうしようかと考えていたところです。一晩でも二晩でもご厄介になれれば……そうだ、手前にもできることがございましたら、なんでもお手伝いします」

米吉は願ったりとばかり、左兵衛とお香に向けて交互に頭を下げた。

「実はな、俺もそう考えていたところだ。今は気が動転して、気づかないこともあるだろう。うちにいて、落ち着けば思い出すこともあるだろうしな。それで今後の身の振り方でも考えればいいやな」

左兵衛も、お香と同じことを思っていたのである。

とりあえず路頭に迷わなくてすんだと、米吉のほっとした表情にお香は思いを托す。

――そこで、六左衛門さん親子を捜してください。

お互いに助け合えば、なんとかなるのではないかとお香の心は高鳴りを打った。


夕陽が沈む前に、神田山下町の将棋会所に戻り、これからのことを考えようということになった。


「今ごろ旦那様たちどうしているのかなあ？」

両国橋の中ほどにきて立ち止まると、米吉がぽつりと言った。大川の河原に、住む家を失った人たちが宿る筵《むしろ》小屋が幾つも建っている。

「あんなところに、住むのでしょうかねえ？」

六左衛門親子の、これからのことが憂いとなって米吉の心をいたぶる。

「いや、それは六左衛門さんたちの今後を思う気持ちにかかっているな。人はどん底に陥ることもある。そこで諦めるか、どうかなんだよ、人なんてのは。浮かび上がろうとする気概《きがい》さえあれば、不思議と妙手が浮かんでくるものさ……と、おれは思う」

人生の訓示を垂れるものの、未だどん底に陥ったこともない左兵衛は、人から聞いた話だと言葉を添えた。

「銀四郎兄さんや金太にお桂、銀太も今ごろ何をしているのかしら？」

お香も、河原に建つ筵小屋を見ながら不遇な親子のことを思いやった。

「早いところ、捜してやろうじゃねえか」

そのためには、早く戻ってよい手立てを考えようと、左兵衛は止めた足を再び歩み出した。追うように、お香と米吉も歩き出す。

夕陽が秩父の稜線にのりかかり、西の空を焦がすころ合いであった。

将棋会所に戻ると、まだ一組の客が向かい合って将棋を指していた。

「すまなかったな、遅くなっちまって」

左兵衛とお香が、米吉を連れて戻ったときは暮六ツを報せる鐘が鳴る、少し前であった。

「いや、いいってことよ。それでだ、席亭……」

「何かあったかい？」

もしかしたら、六左衛門が訪ねてきたのではないかと、一縷《いちる》の期待をもって左兵衛とお香は顔を見合わせた。

「四半刻ほど前にな……なんてったっけ？」

将棋を指す相方に、訊ねる。

「日本橋紺屋《こんや》町の染物屋の時次郎《ときじろう》さんとか言ってなかったか？」

「よく覚えていやがるな。そうだ、そんなお人が席亭はいるかって、訪ねてきたぜ」

「いないって言ったら、あしたまた来るとかなんとか言ってたな。おう、飛車取りだぜ」

伝えることだけ告げて、二人の気持ちは将棋へと戻った。

来たのは六左衛門ではなかった。だが客が言った、日本橋紺屋町の染物屋の時次郎という男に、左兵衛もお香も覚えがなかった。

「もしかしたら……」

左兵衛は、またも憂いを感じ取った。この日だけで、三人目である。

「時次郎って人も……」

「同じようなことでしょうか？」

お香も、左兵衛と同じことを考えていた。

「そうかもしれねえし、違うかもしれねえ。いずれにしたって、あした来ると……」

左兵衛が言ったところであった。

「手前が、どんな用件か訊いてまいりましょうか？」

米吉が、進み出て言った。もし、この一件にかかわることなら、少しでも早く情報として取り入れたいとの思いが米吉にもある。そんな思いが、米吉を動かす。

「まだ、暮六ツ前でもありますし……紺屋町ならここから十町もないでしょう」

「米吉さんは、ここらあたりに詳しいので？」

お香が、土地勘があるのかと米吉に訊いた。

「ええ、日本橋には得意先が多く、よく配達に来てました。紺屋町にはお客はありませんが、その隣の白壁町《しらかべ》に一軒ありまして。そうだ、その得意先にも当店がこうなったことを伝えておかなくては……」

ついでに行けると、米吉は言った。

「なんの用件か分からぬが、あしたというのも気が揉める。ここは、米吉さんに頼もうか」

「米吉さんなんて、さんづけにしないでください、お席亭。それでは手前は行ってまいります。ええ、用件だけをお席亭の名代《みょうだい》として訊いてきます。余計なことは一切言いませんのでご安心ください」

と言い残し、米吉は出ていった。

「ずいぶん、頼もしいじゃねえか」

「左様でございますねえ。みのやさんはいいご奉公人を雇っておいででしたのね」

気の利く米吉に接し、連れてきてよかったとつくづく思う左兵衛とお香であった。


左兵衛とお香は、客のいなくなった店で米吉の帰りを待っていた。

米吉が戻ってきたのは、江戸八百八町に夜の帳《とばり》が下りてから半刻後であった。

ガタガタと、障子戸が鳴ってお香が中から声を投げた。

「米吉さん……？」

「はい、左様です」

油障子が開くと、米吉が息せき切って入ってきた。

ずいぶんと、慌てた様子であった。

「お席亭。紺屋町の染物屋さんも、みのやと同じような目に遭ってました。ただ、夜逃げはしておりませんでしたが」

「なんだって？」

「主の時次郎さんは将棋が三度のめしより好きで、相当強かったそうです。そこに、博奕の話をもちかけられ、やはり身代《しんだい》を賭けて……それ以上は、語ってはくれませんでした」

さらに詳しく訊き出そうと思ったが、ここは左兵衛とお香が直接出向いて聞いたらよかろうと、とりあえず急いで報せに戻ったと米吉は言った。

「将棋の相手は、子どもって言ってなかったか？」

「いえ、それも訊いてみたのですが、何も言わず……」

答はなかったと、米吉は言った。だが、時次郎の口の濁《にご》し方からそうとも取れた、とも添える。

「すぐにでも、行ってみようか。どうだ、お香」

「左様ですね、お席亭」

すでに外は夜である。だが、いっときも早く知りたいことだ。

賭け将棋の相手は、子どもであったかどうかを、この耳でたしかめたい。

二人とも、居ても立ってもいられない心境となった。

「ちょっと待ってください、お席亭にお香さん。行っても旦那さんはいないと思います。金策で、親類の家を回るとか言ってましたから」

「そんなに、切羽詰っているのかい？　もっとも、みのやさんもそうだったか」

みのやの例と照らし合わせれば、それもそうかと左兵衛は半ば得心をした。

長年かかって築いた身代を、あっという間に潰すような企てに、今さらながらも震撼する左兵衛とお香であった。

あしたの朝が待ち遠しい。

お香は、いろいろなことを頭の中に思い浮かべて、一町ほど離れた神田金沢町の住処へと戻っていった。

娘一人の夜歩きは危ないと、左兵衛がいつも言うもののお香は聞き入れない。次の日、顔を見るまで心配の左兵衛であった。

二

鴉《からす》かあと鳴いて、夜が明ける。

お香は、朝めしをかき込むとさっそく将棋会所へと向かった。

朝五ツだと、将棋会所の口開けとしてはまだ早い。『将棋会所』と書かれた油障子が客の入りを待っている。

「おはようございます」

と、中に声をかけお香は障子戸を開けた。

さすが、その刻《こく》には将棋を指している者はいない。

土間では、米吉が掃き掃除をしている。

「あっ、お香さん。おはようございます」

お香の顔を見るなり、米吉はふっくらとした人のよさそうな顔を向けた。きのうとうって変わって、米吉の表情は穏やかなものとなっている。

一晩経って、気持ちが落ち着いたのであろう。

「おう、お香来てたか」

左兵衛が奥から顔を出し、お香に声をかけた。

双方、朝の挨拶を済ませ、さっそく日本橋紺屋町の染物屋に時次郎を訪ねるというのが、この日の最初の動きであった。とりあえず、子ども相手の将棋かどうかの裏づけを取るために。

ここは、きのう行った米吉とお香の二人で訪ねることにした。左兵衛は、常連の客が来るまで、店にいなくてはならない。

染物屋の時次郎にはいっぱい訊きたいことがある。うまくいけば、相手の全貌がここでもって知れることになるのだ。

そのためか、お香の目がいつもより赤い。寝床についても、お香はいろいろなことが頭の中で重なり、思案が眠りを半分ほど妨げた。

「真っ先に知りたいのは、子どもを相手にしていたかどうか。もしもそうだとしたら、その子の名ね」

そんなことを話しながら、お香は米吉に案内されるように、日本橋紺屋町へと向かった。

筋違御門で神田川を渡り、真っすぐ南下すればそこから五町ほどに日本橋紺屋町がある。

お香と米吉は、四半刻もたたずに、紺屋町へと足を入れた。

「その路地を曲がって、三軒目が時次郎さんの染物屋さんで『藍羅布堂《あいらぶどう》』って、変わった屋号でして。羅紗布《らしゃぬの》を、藍染めするのが得意ということです」

時次郎から聞いた薀蓄《うんちく》を、米吉は語った。

路地を曲がったところで、お香と米吉の足は止まった。

三軒先に、人だかりができている。瞬間、お香の脳裏に不吉な思いがよぎった。

お香は、集まる人の輪のうしろに駆け足で回った。

「何がありましたので？」

誰にともなく、お香は訊いた。すると、居丈高《いたけだか》な声が、お香の耳に入った。

「見世物じゃねえ、どきやがれ」

それは、町方同心の苦渋のこもる怒鳴り声であった。

声が聞こえたと同時に、野次馬が手を合わせる。その仕草で、お香はことの有様を知った。

「何も、自分で逝《い》かなくてもいいのに。なむあみだぶ……」

念仏が、野次馬の口から漏れ聞こえてきた。

「なんてこった……」

米吉の無念が、口をついて出る。おおよその有様を知って、お香と米吉は引き返すことにした。帰り道は、鉄の玉を背負ったほどに足が重く感じられる。二人は、足底を引きずるようにして、ようやく将棋会所へと戻った。

「おう、早《はえ》えな。どうだった？」

将棋会所の敷居を跨ぐと同時に、左兵衛から声がかかった。

「行きましたところ……」

ようやくの思いで、お香の口が開く。

「なんだとー！　一家が自害したってのか？」

すでに、一組の客が将棋を指している。左兵衛の驚嘆する声を聞くと、盤面をひっくり返して二人の顔が向いた。

お香と米吉は、がっくりと肩を落とし力なくうなずく。

「なんてこった。酷《ひで》え話になったものだなあ」

「みのやよりも、大変なことになってしまったようです」

米吉の、気抜けしたもの言いであった。

「おい、すまねえが、きょうは店じまいだ。二人とも、帰ってくれねえか」

左兵衛が、二人の客を追い出すように言った。

「帰れって、今来たべえだろうによ」

「頼むから、言うことを聞いてくれねえか」

客の文句に、左兵衛は深く頭を下げた。席亭に頭を下げられちゃ仕方ねえかと、客は渋々出ていく。

「お香、休みの札を出しといてくれねえか。これからおれは、このことに専念する。でないと、どうにもやりきれねえ」

「はい。あたしもお席亭と同じ。金太たちを、あんな惨《むご》いことに使いやがって。大名だろうがなんだろうが、許しちゃおけない」

まだ、将棋の相手が金太たちと決まっているわけではないが、そう思ったところでお香の怒りは心頭に発した。

さて、動くとなると、どこから手をつけてよいか分からない。

手向かう相手は、みのやの貼り紙からして大名家に間違いなかろう。となれば、正面からまともに攻めても太刀打ちはできない。なんせ、娘将棋指しと将棋会所の席亭、そして瀬戸物問屋の手代である。

しかし、お香には奥の手があった。

――最後は、梅白のご隠居を頼ればいいわ。

それまでに、なんとか銀四郎親子の消息をつき止め、桑田藩の企《たくら》みの裏づけを取らなくてはならない。

「さてと、これからどうするか？」

左兵衛が腕を組み考える。

話を訊こうにも、行方知れずと自害では訊きようもない。

「お席亭、きのう来られました御家人の、大塚須鴨様をお訪ねになったらいかがでしょうか。勝負を挑む果たし状は、どこかの藩の中間とか申しておりましたし。それは、桑田藩であることは間違いがないでしょうし」

「そうだな。だが、大塚という御家人はどこに住んでいるのか分からん」

「それでしたら……」

先に下谷長者町で小荷物運搬業を商う、大和屋七郎二郎左衛門を訪ねれば分かるだろうとお香は言った。

三人で同じところに行っても仕方ない。米吉は、一度本所松井町の、みのやに戻って店の様子を見てくることにした。もしかしたら、六左衛門たちが戻ってくるかもしれない。それはなくても、誰もいない店になんらかの動きがあることを期待して、米吉は会所を出ていった。

お香と左兵衛は、大和屋を訪れてから、大塚須鴨のところに行こうと決めた。

「それと、お席亭。的屋の元締めの潮五郎さんのところはいかがいたします？」

「潮五郎のところはもういいだろう。だいいち、行っても詮《せん》のないことだ」

「そういえば、お席亭。話が止まってましたわね。たしか『――潮五郎のところに行くのはどうかなと思った』とかなんとかおっしゃってましたけど、そのときに大塚様が来られまして……」

「あのときはだな、もしかしたら潮五郎がこのことを仕切っているんじゃねえかと思ってな。そんな、勘が働いたんだ。だから、うっかり行って……」

「潮五郎さんて、そんなに悪いお方なんですか？」

「悪いもなにも、おれたちとは生きる世界が違う。正業は香具師《やし》だが、悪どいことも生業《なりわい》とする根は極道だ。何も分かってねえところで、話はもちかけられねえと思っただけだ。下手をしたら、藪を突っついて蛇を出すことにもなりかねねえからな」

お香の頭の中でくすぶりつづけていた潮五郎のことは、左兵衛の話を聞いて従うことにした。

「それと、相手はもう伊勢の桑田藩一本に絞っていいんじゃねえかな。あとは、こいつを相手に……」

「でしたらお席亭」

お香は、左兵衛の口を止めて考えていたことを語ろうと思った。

「なんだ？」

「よろしければ、一緒に梅白のご隠居のところに行かれませんか？」

「権力には、権力ってことか」

「お大名が絡んでいたとあっては、あたしらだけでは太刀打ちが……」

「そりゃ、できねえよな。それにしても、大名ってのは町人の財産まで貪《むさぼ》るものなんかねえ」

「それはなんとも分かりませんが、貼り紙には……」

「たしかに、伊勢国桑田藩て書かれてあったからな。もっとも、お大名ってのはけっこう金に苦労してるみてえだぞ」

藩の財政逼迫《ひっぱく》に絡んで企んだことだろうと、左兵衛は桑田藩の動機を言った。なるほどと、お香も得心をしたところで樽椅子から腰を浮かした。

「さてと、行こうか」

まず先に、お香の指南将棋の弟子である大和屋七郎二郎左衛門を訪ねて、大塚須鴨の住処を訊くことにする。

銀四郎親子を引き戻し、六左衛門が一代で築いた財産を取り返し、藍羅布堂の時次郎の無念の意趣を晴らす。まずは一歩《いっぷ》の指し手からはじまった。

三

主の七郎二郎左衛門は生憎《あいにく》と留守であったが、大和屋は小荷物運搬業ということで、御家人大塚須鴨の拝領屋敷はすぐに分かった。ついでに、伊勢国桑田藩の上屋敷も訊いてみる。

「桑田藩の上屋敷でしたら、ちょっと遠いですなあ。赤坂《あかさか》の溜池《ためいけ》ってご存じですか？」

お香の顔見知りの番頭の応対であった。

赤坂の溜池ならば、お香は知っている。伊藤現斎に弟子入りしてすぐ、逃げ出したときに道に迷い赤坂に行ったことがある。むろん、そこが赤坂というのはあとで知ったことだが。

「ずいぶんと遠いのですね」

言ってお香は、小首を傾げた。千代田城の真反対側にある赤坂から、なぜに本所界隈に出没する。その疑問を番頭にぶつけた。

「でしたら、それは下屋敷ではないでしょうか？」

「下屋敷……？」

「ええ、お大名家の別邸です。たしか、伊勢国桑田藩の下屋敷は二個所あると思います……ちょっと、待ってください」

言って番頭は、書き付け台帳を調べに行った。

「さすがに、よく知ってるな」

「それは、小荷物の運搬業ですから……」

そんな話をしているうちに、番頭が戻ってきた。片手に分厚い台帳をもっている。

「お待たせしました。たしかに桑田藩の下屋敷は二個所あります。一個所は麻布《あざぶ》ですから、さらに遠いですな。そして、もう一箇所は……」

と言って、番頭は台帳を開いた。

「おや、これは深川北森下町《ふかがわきたもりした》の六間堀《ろっけんぼり》近くでありますな。逆に赤坂とはほど遠い」

「深川森下町……そこってのは本所松井町と近くはねえですか？」

「五町と離れてはないでしょう」

大和屋を出たお香と左兵衛は、足を大塚須鴨の屋敷へと向けた。向柳原の武家屋敷が並ぶ一角に、その屋敷はあった。界隈には、同じような造りの屋敷が建ち並ぶので二人は迷ったものの、武家地を見張る辻番でところを尋ねると、すぐに大塚の住まいは知れた。

敷地が三百坪ほどある、幕府から拝領された屋敷であった。

「ごめんください……」

玄関の敷戸を開けお香が中に声をかけた。玄関の板間には、虎の絵が描かれた、外と奥を仕切る衝立がおいてある。

やがて、三十歳も半ばと見られる女が衝立の向こうから顔を出した。大塚須鴨の内儀であった。

二人の来訪は須鴨に取り次がれ、部屋での面談となった。

「志登《しと》はもうよいから下がれ。茶もいらぬぞ」

内儀には聞かせたくない話である。大塚は、志登と呼ぶ内儀を遠ざけた。

「ここに来られては、迷惑であるな。妻には、内密なのでな」

大塚須鴨は、ありったけの渋い顔を見せた。

「申しわけありません。ですが、とても大事なことでしたので。おところは、大和屋さんでお聞きしました」

お香が相対する。

「まあ、いい。それで、話ってのは賭け将棋のことか？」

「そうです。実は……」

みのやの六左衛門と藍羅布堂の時次郎に起こったことを、お香は端的に語った。

「なんだと？」

ところどころで驚いた表情の、大塚の相《あい》の手が入る。

「なんてこった」

腕を組んで、唇を噛み締める。

「そんなことで、おそらく相手には伊勢国桑田藩が絡んでいるものと……」

お香の話を引き取り、左兵衛が言った。

「うーむ」

「それで、果たし合いはいつでございますか？」

「それが、あしたなのだな。だが、兆次が相手ではなかったのか。こいつは、弱った」

大塚須鴨は、お香と左兵衛が来るまで将棋の稽古に励んでいたらしい。並びを崩した将棋駒が、盤の上に無造作に散らばっていた。

「おそらく、お相手は子どもかと」

「子どもだと？　相手が子どもなら、造作ないではないか」

「ですが、その子どもが相手でしたらとても今のお力では……」

敵《かな》うまいと、お香はずばりと言った。

「なんだと。その子どもというのを知っておるのか？　お香は……」

訝しげな顔をして、大塚が問う。

「はい、よく存じております。あたしとお席亭が、捜している子たちに間違いがないと思われますので。それほど強い子どもは、滅多というよりほとんどおりませんから」

「いったいどういうことだ？」

大塚須鴨の問いに、お香は銀四郎親子のことをかいつまんで語った。

「……それで、親子ごと拐《かどわ》かされて、賭け将棋の相手とされているのではないかと思いまして」

「なるほど、かわいそうな境遇であるな」

お香の語りに大塚は理解を示した。

「そんなに、将棋の強い子どもなのか。はぁー」

だが、大塚は余計に不安が募り、ため息も漏れる。

「しかし、果たし状では相手は子どもと書いてなかったな。てっきり、兆次かと……」

「それが相手の策なのでしょう。兆次の名を語れば、将棋の技量も知れる。おそらく、大塚様のほうが上と思わせたかったのでしょうな。勝負に食いつかせるために」

左兵衛は、思いの節を言った。そして――。

「果たし状には、誰が相手になるとは書かれてなかったのでしょう？　もしも、子どもと書いてあれば不信に思うでしょう……」

「いかにも。ただ、差し出し人が兆次としか」

このときお香の頭の中では、あることが閃《ひらめ》いていた。

「ちょっと聞きやすがね」

左兵衛が問いを発す。

「もしかしたら、大塚様の出入りしていた将棋会所は両国広小路にありませんでしたかね？」

「いや。拙者が通っていたのは、浅草御蔵前にある『千日亭《せんにちてい》』っていう会所だ」

みのやの六市郎が通っていたところと同じ会所と思ったが、そうではなかった。もっとも、それだけ将棋自慢であったなら、先のお香の話の中で大塚も六市郎のことを知っていたはずだ。そのあたりは、何も反応を見せずに聞き流している。

「おそらく、兆次という中間には千日亭の誰かから、拙者の話が流れたのだろう」

「兆次のことはともかくとして、あしたの果たし合いはどちらでなされるのでございましょう」

お香が、ひとひざ乗り出し口にする。

「それを知ってどうする？」

「あたしも立ち合わせていただけないかと？」

今しがた、お香の頭の中で閃いたのはこのことであった。

「それが、まだ分からんのだよ」

「なんですって？　それじゃ、相手の土俵で相撲を取るようなもの。きのう、あたしが申しましたわよね。そのことは……」

「ああ。だが、言い出せなんだ」

「それで、相手はどうしろと言ってきてるので？」

これは、左兵衛の問い立てである。どうしても、対戦場所を突き止めたい。肝心な話に相手が武士であろうが立て膝をし、詰め寄るようにして訊いた。

「あしたの正午……」

左兵衛の剣幕に押され、御家人の大塚須鴨が語りだす。

「柳橋の両国稲荷で待てば、迎えを寄こすというのだ」

「柳橋の両国稲荷……？　神田川の大川への吐き出しあたりだな」

左兵衛は、柳橋あたりの見取り図を頭に描いて言った。

「こいつは、舟で行くのかもしれねえな」

「お席亭、舟ですって？　そうか……」

「そうかって、なんだお香？」

「銀四郎兄さんたちが連れていかれたのは、舟ですよきっと。どおりで……」

白昼に連れ去られたのに、誰も見た人はいなかった。お香は、なぜに今まで気づかなかったのだろうと、臍《ほぞ》を嚙む思いとなった。

「その舟に、一緒に乗せていってはくれませんでしょうかねえ」

お香が、大塚に問うも首を振る。

「それは分からぬが、おそらく駄目であろう。考えてもみい、相手は拙者を陥れようとしての企みだ。そこにこちらの助っ人など乗せるわけがないではないか」

理に適《かな》った言い分だが、由々《ゆゆ》しきことである。立会いも難しいだろうと、お香は思った。

ならば、せめて立会いの場所だけでも知りたい。

陸《おか》から追うのは難しい。

「ならば、水路を尾《つ》けるか？」

「腕のいい船頭を雇えば、うまくいくかもしれぬな」

左兵衛の案に、大塚が同意をした。大塚自身、ここはどうしてもお香と左兵衛についていてもらいたい。身を乗り出して、案を語る。

「そんな船頭を知っておりますか？」

「知らねえけど、船宿の女将《おかみ》にでも頼んで酒手《さかて》を弾ませりゃあ、腕のいい船頭をつけてくれるだろうよ」

普段から、そんなところにつき合いのない左兵衛であるが、そのぐらいのことには気が回る。

「正午になったらだな、柳橋の対岸に舟をつけといてもらうんだな」

左兵衛が、思いついた案を語る。

正午に迎えを寄こすという。ならば、対岸にあらかじめ舟をつけておけばそのあとを追うことができると、左兵衛は身を乗り出して説いた。

「ちょっと待ってください、お席亭。その立会い場所というのは、もしかしたら桑田藩の下屋敷ではございませんでしょうか。大和屋の番頭さんが言っておられましたでしょ、深川北森下町の六間堀近くだと……」

お香はそのあたりの土地勘はなかったが、きのう歩いた竪川沿いを思い浮かべて言った。竪川から六間堀にかかる松井橋の手前にみのやはあった。お香はその光景を思い出し、徒歩ではなくむしろ舟のほうが行きやすいと説いた。

しかし、そこは大名の下屋敷である。おいそれと、中に入っていくことは叶《かな》わない。

左兵衛は、そこが最大の難問と頭を抱えて言う。

「なるほどな。だが、そのあとのことはどうなる？」

対戦場所だけ知ったところで、どうにもならぬ。ならば、強引に入り込むか。

「大塚様は、こっちの腕のほうはいかがで？」

左兵衛は、やっとうのまねをして訊いた。

「見かけは強そうですけど。なんだか、円月を描いて人を斬るお侍さんに、風貌は似ておりますが」

お香が言葉を添えるが、しかし——。

「それが、からきし……」

駄目でしてと、大塚須鴨はがっくりと肩を落とす。

力ずくでと、銀四郎親子の奪還を目の前にいる御家人に托そうと思ったが、到底敵《かな》いそうもない。やはり、ここは梅白に頼る以外はないとお香は千駄木まで行くことにした。

四

大塚須鴨とあすの段取りを決め、お香と左兵衛は千駄木の梅白の元へと向かった。

半刻後、正午を四半刻ほど過ぎたころにお香と左兵衛は梅白の部屋で、竜之進と虎八郎を交えて昼餉を摂りながらこれまでの成り行きを語った。

「おととい来たときは、何もつかんでおらぬようだったが、ことはそんな酷《ひど》いことになっておったのか。そうか、伊勢の桑田藩が絡んでおるようなのか」

梅白が、腰をさすりながら言った。

「お腰は、まだ……？」

「ああ、どうも芳《かんば》しくない」

お香の問いに、憂鬱そうに梅白が答える。これでは、あしたの出動は無理だなと、お香は取った。

まだ、先ほど大塚須鴨とつけた段取りは話していない。

——ご隠居が無理ならどうしようか？

ここは、梅白が頼りと思ったが難しいようだ。かといって、無理をさせるわけにもいかぬ。

「それで、どうしようと思っているのだ？　力になれることがあれば、遠慮なく申せ。話を聞けば、案も浮かぶというもの」

「お言葉はありがたいのですが、ご隠居様のお具合が……」

「そんなことは、お香が案ずることではない。なんだ水臭い、お香とわしの仲ではないか。そんなことに、気を遣うのではない」

「ありがたいお言葉です」

と言って、お香は袂で目尻を拭いた。梅白の心根が伝わり、身に染みる。

「それはともかく、どんな算段を立てた？」

お香は、大塚須鴨が舟で連れていかれるところは桑田藩の下屋敷と読んでいるが、決めつけてはいない。

「深川北森下町の近くらしいのですが」

梅白に、桑田藩下屋敷の在り処を説いた。

「対戦場所が分かったのはよいが、そのあとをどうするつもりだ？」

梅白が、首を傾げて問うた。

「いえ、まだそことは決まったわけではありませんけど。ですから、それを含めご隠居様にご相談をと思いまして」

対戦場所が半信半疑で、しかも踏み込もうにもどうしたらよいかが分からない。ただ、対戦場所に闇雲に押し入っても、無礼討ちされるのがおちである。

お香の嘆きを聞いた梅白は、しばし腕を組んで考える。顎に蓄えた白鬚をときどきさすっては、ふーむと鼻息を漏らす。そして、瞑っていた目をパッチリ開けて、梅白が言う。

「もしも相手が桑田藩というのなら……よし、分かった。お香、わしに考えがある」

「どのような、お考えで？」

「やはり、竜さん虎さんを引き連れ、わしが出張《でば》る必要があるな」

「ですが、ご隠居様。そのお体では……」

無理ではないかと、お香は案じる。

「いや、心配いたすでない。これきしのことで、そんな藩の阿漕《あこぎ》を見逃しておけるか」

興奮し、梅白が熱《いき》り立ったのがいけなかった。

「うっ、痛っ」

余計に腰痛が悪化してしまった。芳しくないとは言っていたが、無理をしなければ多少は歩けるものの、それすら叶わなくなったようだ。

「ご隠居、ご無理をなさるから」

竜之進が梅白を諫《いさ》める。

「お休みなさってください」

と言って、虎八郎が床《とこ》を敷く。

これでは、あすの梅白の出動は無理だろうと、お香は小さく首を振った。

「お香、すまぬな」

「とんでもございません。あたしが、こんな話をもち込んだばかりに、ご隠居様のお体に障《さわ》り……申しわけないのは、あたしのほうです」

ごめんなさいと言って、お香は深々と頭を下げた。

「お香。医者が申すには、少々ときがかかるが、必ず完治すると言っているから、案ずるでない。しかし、残念にもこれでは、あすは出張って行けそうもないな」

梅白は、無念の思いであった。いざとなったら、三つ葉葵のご紋が入った印籠はもってないので、水戸徳川家の家系を口にする。それで相手を懲らしめる、いつもの算段ができなくなった。

「こちらでなんとかしますので、ご隠居様はどうぞお休みになっていてください」

お香は、涙を落とさんばかりに梅白の体を気遣った。

「お香、ありがとうよ」

寝床に臥《ふ》す梅白を見て、これ以上腰痛が悪化したらいかぬと、お香と左兵衛は辞することにした。

玄関まで虎八郎に見送られる。

「お香、すまぬな。ご隠居がああなったからには、このたびだけはどうにもできぬ。おれと竜さんで行ってもいいのだが……」

殴り込みのような真似はできぬと、無念そうに言葉を添えた。

「よろしいのです、虎さん。なんとか手立てを考えます。ことの次第は、あとで報せに上がりますわ」

お香は言うと、虎八郎に向けて頭を下げる。左兵衛も、倣《なら》って頭を下げた。

そのとき梅白の部屋では——。

「竜さんちょっと……」

耳を貸せと、梅白は竜之進を近づけさせた。そして、小声で耳打ちをする光景があった。

梅白頼りの策は、矢折れた形となった。

「いかがいたしましょうか？」

と、失意を抱いてお香と左兵衛が団子坂の勾配を下っているそのころ——。

本所松井町のみのやを見張っている米吉に、動きがあった。

大旦那の六左衛門か、息子の六市郎が来るのではないかと米吉は見張っていたのだが、その気配は昼が過ぎても一向になかった。

日が幾分西に傾き、昼八ツどきの鐘が鳴ろうかというころであった。

竪川を、大川のほうから下ってきた猪牙舟《ちょきぶね》が、桟橋《さんばし》に横づけされると四人の男が降りて堤を登ってきた。

二人は武士の形《なり》で、一人は商人の主《あるじ》風。そして、もう一人は着流しで髷《まげ》を横に流した渡世人らしき男であった。

米吉は、端《はな》は何気なく男たちを見やっていたが、四人の姿の取り合わせのおかしさに気持ちが向いた。

米吉がいるほうに向かってくる。しかし四人の顔に、見覚えはない。それでも米吉は、できるだけ近づき、物陰に体を隠した。

「こちらでございます」

すると、渡世人風がみのやの大戸に手をかざし、商人風の男に言う。差し押さえたみのやを案内しに来た一行であった。

「いかがかな、瀬戸屋どの。この物件は、居抜きで買われても千両とは下りますまいぞ」

武士の一人が、瀬戸屋という五十歳がらみの恰幅のいい商人に、みのやを押しつけている。

米吉の耳には、そのやり取りが一言一句漏らさずに入る。周りに人がいないのをみ
て、声高に話しているからだ。

——瀬戸屋というのは、日本橋瀬戸物《せともの》町にある同業か。

米吉は、主には見覚えがないが、屋号ぐらいは知っている。みのやとはほぼ同等の
規模の店であった。

「今買っていただければ、五百両にしておきます。これはもう、破格と申せますな」

もう一人の、若いほうの武士が売値を言った。

「五百両ですか……」

うーんと唸って瀬戸屋は考えるが、断るには忍びないらしい。

「咽喉《のど》から手が出るほど欲しい」

同業ならば、気持ちも分かる気がする。店にある在庫だけでも、二百両は下らない
と米吉は踏んでいる。

「だが、今すぐには、五百両の金は都合つかない。一月《ひと》後には、なんとか……」

「とんでもない。そんなには待てませんな。すぐに金が用意できぬのならば仕方がな

い。残念でしょうが、諦めなされ」

「いや、ちょっと待ってください。三百両ならばすぐに……あとは一月後」

「分かりました。やはり、手前どもでは分が大き過ぎる。ここが手に入れば大きく飛躍できると思いましたが、諦めましょう」

無念の思いがこもるのか、瀬戸屋が下を向く。

「残念だったな、主。かえって、物件を見せなければよかったであろうの。それでは、若殿がお待ちかねである。主は将棋が強いと聞きおよんでいるでな、ついでにひと指しお相手してやってくださらんか」

「はい、元より物件を見るついでにと言われておりましたので、それはもう若君とお相手できるなんて光栄でございます」

「そうしたら、また舟に乗っていただけますかな。それにしても残念でございましたな。これほどの物件を……」

幾度も残念だったと言われ、未練がましそうに、瀬戸屋は振り向く。

やがて、四人を乗せた猪牙舟が、松井橋を潜《くぐ》って六間堀に入るのを見ながら、米吉は独りごちていた。

「もう売りに出されているのか」

みのやが人手に渡ったことを実感し、米吉の寂しさも一入《ひとしお》であった。

「待てよ……」

そのとき米吉に閃くものがあった。

「若君って、子ども……？」

きのう、左兵衛が言っていたことを思い出す。『将棋の相手は、子どもって言ってなかったか？』と。

米吉は思い浮かべると、居ても立ってもいられずに猪牙舟を土手の上から追った。六間堀を下っていくのが、米吉からもよく見て取れる。だが、米吉は大事なことを失念していた。六間堀には、竪川から五町ほどきて東に向かう堀があるのだった。五間堀となって、横川に通じる運河であった。

六間堀の西側の堤を追う米吉は、五間堀に入った猪牙舟の行く先を見失った。対岸に渡ろうにも、近くには橋がない。一町ほど先にある、北橋を渡り東側に回って戻ったものの、四人を乗せた猪牙舟の姿はどこにも見当たらなかった。

見失ったのを残念に思いながら、米吉は神田山下町の将棋会所に戻ることにした。

早くこのことを報せなくてはならないと、米吉は気が逸《はや》った。

千駄木とは同じほどの距離であろうか。三人は、ばったりと将棋会所の前で一緒になった。

「あら、米吉さん……」

将棋会所の前で、米吉は背中にお香から声をかけられ驚いた顔を振り向かせた。米吉の顔は、急いで来たせいか赤く上気している。

「今戻ったのですか？」

「ああ、そうだ。早く中に入って話を聞こうじゃねえか」

米吉の顔には、何かをもたらせたと書いてある。左兵衛は、障子戸を開けてお香と米吉を先に入らせた。

米吉の口から、見て聞いてきた様が有り体《あてい》に語られる。

「なんだと、若君と将棋を指すだと？」

瀬戸屋の主が、若君の将棋の相手という件《くだり》には、さしもの左兵衛とお香も顔を見合わせて驚く。

考えれば不自然な話である。一介の、商店の主が若君相手の将棋に呼ばれることがおかしい。

何か曰《いわ》くがあると、左兵衛とお香はピンときた。

「瀬戸屋さんの三百両を狙って……」

「それを、取り上げようとしているのだろう」

「三百両とみのやさんの身代を賭けての将棋ってことでしょうか？」

「若君の齢が幾つか分からぬが、それが金太ということも考えられる」

お香と左兵衛の頭はくるくると回転をする。しかし、すべては想像の上のことであった。

「それと、その猪牙舟を追いかけて行きましたが……」

残念ながら、見失ったと米吉は肩を落とした。

「米吉さん、それで充分。猪牙舟に乗った人たちが行くのは、桑田藩の下屋敷で間違いないわ。細かい場所なら、近くに行って誰かに訊けば分かるし」

「やはり、桑田藩でしたか。下屋敷があのあたりにあるとは、思いませんでした」

「仕方あらんよ。武家屋敷は表札も何も出てないしな、町人にはかかわりのないところだ。現に俺なんぞ、近在の武家屋敷に入っても誰の屋敷かなど一軒も分からねえ」

そのとき左兵衛とお香は、まだ思い悩んでいることがあった。

水戸の梅白があてにならなくなった今、どのように踏み込んだらよいのかと。そこに、考えをめぐらせていた。

五

伊勢国桑田藩一万三千石の下屋敷は、民間の豪商から安く手に入れた抱屋敷《かかえやしき》であった。幕府から与えられた拝領屋敷とは、入手の仕方が異なる。

およそ五百坪の敷地は、建仁寺垣《けんにんじがき》で囲まれ門も数奇屋造《すきやづくり》風と、大名の屋敷としては質素な佇《たたず》まいであった。

小藩の賄《まかない》では、屋敷を手に入れたものの、予算がなくて改築の仕様がない。三百坪ほどある母屋も、築百五十年が経ち、屋根の瓦《かわら》も朽ちるばかりであった。鬼瓦などは、その原型すらなくなっている。

雨の日は、あちこちが雨漏りをして始末に負えない。建屋そのものもガタがきており、住むに耐えない有様となっていた。

「――財政も逼迫している折だからのう」

伊勢国桑田藩主長島《ながしま》土岐守《ときのかみ》茂起《しげおき》より、江戸留守居役の原辰太郎《はらたつたろう》に命《めい》が下ったのは、一月ほど前のことであった。

「この二月の間に、二千両を捻出せよ」

との、藩主の厳命を原辰太郎は拝謁する頭上で聞いた。

「だが、二千両をすぐとは無理であろう。ならば、東の下屋敷は、売り飛ばしてもよいぞ」

藩主長島茂起の温情もあった。桑田藩では、麻布の拝領屋敷を西の下屋敷。深川の抱屋敷を東の下屋敷と呼んで区別していた。

藩主の命は、江戸留守居役の原辰太郎からすぐに、下屋敷の守衛役である野村克兵衛《のむらかつべえ》にもたらされた。

「——こんなぼろ家では買い手もつかぬであろう。二百両で営繕して、千両で売れ」

との、命を下す。

「ついでに、二千両も工面してくれ」

と、藩主の命令を、原は野村に押しつけた。

「それはご無理というもの……どこに、二百両という大金が」

あるのかと、野村は一度は突っぱねた。

「それは、おぬしの才覚であろう。わしが、おぬしに頼るのはなぜだか分かるか？江戸勤番で、一番金を作るのに長《た》けておるからのう……」

原の含む笑いには、意味があった。

「下屋敷の賭場《とば》を、もう少し拡張したらどうだ？」

「いえ、あれが精一杯。幕府の目付の目が光っておりますし、いざ踏み込まれたとなりましたら、藩の存続すら危うくなりまする」

財政難の桑田藩にとって、東の下屋敷で開帳される賭場は資金源でもあったが、その上がりだけでは高が知れていた。小名木川《おなぎがわ》より北の深川一帯を仕切る、八名川《やながわ》一家に常賭場として貸し、上がりに応じて分け前を決め所場代を取るものの、月に百両がせいぜいである。多少、賭場の規模を大きくしても、二月で二千両の捻出は到底無理である。かえって、無理をすることで足がつき、幕府から詮議があるだろうと、野村は説いた。

「だったら、博奕らしくない博奕で捻出したらどうだ？」

原が野村に吹き込むも、言っている意味が分からない。

「それはいったい、どういうことで……？」

ございましょうかと、野村が問う。

「そんなことは、自分で考えなされ。もし、これが成就したあかつきには、おぬしを勘定奉行に抜擢するぞ。こんなところでくすぶっている輩ではないからのう、おぬしは」

赤坂の藩邸から来た原辰太郎は、野村克兵衛に餌を与え、藩主の命を委《ゆだ》ねるとそそくさとして戻っていった。

その日から、野村克兵衛は二千両の捻出に頭を絞ることになった。野村は、配下である清原和之助《きよはらかずのすけ》に、ことの経緯を告げた。下屋敷の守りはこの二人に委ねられている。そこに、渡り中間の兆次という男が下に与《くみ》していた。

この兆次、すこぶる将棋が強く素行さえよければ、今ごろは専門の棋士として名を連ねていたかもしれないほどの腕前であった。しかし、いかんせんつらい修業よりも快楽を求める性格である。子どものころに頭角を現したものの賭け将棋に走り、その実力は素人の三段ほどで止まっている。

「――でしたら野村様、賭け将棋なら二千両作るのは造作ありやせんぜ。世の中にゃあ、金をたんともっていて将棋に目のない奴は幾らでもいやすぜ。そんな、鼻っ柱の強《つえ》え奴らをとっつかまえて、金を吐き出させればよろしいんでは」

と、兆次が野村と清原のいる前で進言したのが二十日ほど前のことであった。

「なるほどそれは面白そうだが、食いつく奴はおるかの？」

清原が、眉根を寄せて訊く。

「そいつらを、これから探すんでさあ。何も、金をもっている奴らばかりではありやせんぜ。明日の資金繰りに困っている商人やお武家なども、いい鴨となりやしょうぜ」

「身代を賭けさせるというのだな？」

「さすが、野村様。よく、お見通しで……」

三人の高らかな笑い声が、下屋敷の中で響いてからというもの、多くの者が悲劇を味わうことになった。

この話は八名川一家の貸元繁蔵《しげぞう》にももたらされ、脅しや使いっぱしりとして三人ほどの若い衆《し》が貸し出された。

同じ渡世人でも、潮五郎一家はかかわりがなかったのだ。

野村と清原、そして中間の兆次によって謀略《はかりごと》の絵が描かれる。

まずは、兆次が将棋会所に入り浸りとなって、食いつきそうな鴨を探す。これといった者がみつかれば、言葉巧みに取り入り賭け将棋へと誘った。

端《はな》のうちは小銭を賭けての勝負である。賭け金一朱からはじまり、倍々の相場に吊り上げる。

「――まったくお強い。あたしに平手で勝てる人なんて、そう滅多にいるもんじゃないですからな。どうして、そんなに強いのでしょう。嗚呼《ああ》、もう十両もやられてしまった」

ことごとく負けて、相手を煽《おだ》てた。

そのうちに意気が統合し、酒の席での話となる。酔うほどに、相手は自分のことを語りたがってくる。自慢話もあれば、愚痴もある。それを、素直に聞いてあげるのが、相手を地獄に導く近道となった。

「――大店か中堅どころの商店に的を絞り、一軒あたり、三百両を引き出させましょうや」

兆次が、描いた絵に色を塗る。

「景気がよい大店ならば、三百両なんてのはポンと出しますし、資金繰りに苦しい店ならば、それに乗じて身代をごっそりいただくってのはいかがでやしょう？　そうすりゃ、二千両なんてあっという間に……」

掻き集められると、兆次はほくそ笑む。

「そんなに、うまくいくかな」

兆次が描いた餅の絵に、野村が疑念を挟んだ。

「兆次より強い者ばかりを相手にすれば、こっちが損をするではないか。そんな大きな勝負に負けたらどうするのだ？」

「大勝負には、あっしは出張っちゃいきやせんよ。実は、恐ろしく将棋の強い子どもたちがおりやしてね……」

すでにこのころには、兆次は金太たち兄弟に目をつけていたのである。

「こんなこともあろうかと、その子どもたちをずっと見ておりやした。ええ、あっしなんぞ足元にもおよびませんや」

「ほう、そんなに将棋が強い子どもたちがいるのか？」

「そりゃ、強いの強くねえのったらありゃしやせん」

「その口ぶりでは、相当に強そうだな。して、齢は幾つぐらいの子どもなのだ？」

興味が湧いたか、野村が体を乗り出して訊く。

「それが、三人兄弟でしてね。一番上の兄貴が金太とかいって九歳でして、その下がお桂って名の女の子で七つ。一番下が銀太って子で、五つぐらいでやすかねえ」

「金太にお桂に銀太と申すのは、そんなに幼いのか？　ほう……」

このあたりに来て、ようやく野村と清原は、兆次の意図していることが分かってきたようだ。

「相手が子どもならば、食いついてきやしょうが、仕掛けがあると勘ぐりもする。そこであっしが囮《おと》りとなったそのあとは、野村様と清原様の出番となりやす」

「拙者らがか？」

「相手に大勝負を挑ませるのは、お二方からの口からでありやせんと。とてもあっしなんかでは警戒されちまって、向こうから引いちまいやすよ」

それからというもの、とくとくと兆次の練った謀略が語られる。

まずは、金太とお桂と銀太を連れてくる手はずが謀《はか》られる。

いくら子どもとはいえ、三人いっぺんに拐《かどわ》かすのは容易でないし、犯罪となりあとで咎《とが》めがくる。ここは、穏やかにいくことにした。

「その子どもたちには、父親がおりやしてねえ。これがまた、ぐうたらでやして子どもたちに賭け将棋をさせては、てめえじゃ酒に溺れちまってる親でさあ。そいつらが、住むところだって……」

兆次は、住処も調べてあると言った。

「そんなに、酷いところに住んでおるのか？」

「ですから、お二方が出向いて言葉巧みに父親を説得すれば……」

「連れてこられると言うのだな？」

それからほどなくして、銀四郎親子の住む神田川の掘っ立て小屋に、野村と清原が八名川一家から借りた若い衆たちを引きつれて赴《おもむ》く。七、八人が乗れるほどの川舟が、神田川の川原に横づけされた。

「――親子ともども、当藩で面倒をみますから」

野村が銀四郎を説得する。しかし、そのときにはすでに、銀四郎親子の身の振り方が決まっていた。

「もう、あいつらはいねえよ。それに、おれは近くここを引き払うことになっているしな」

金太たち兄弟が、左兵衛の将棋会所で修業の生活がはじまった日であった。

「……くそ、遅かったか」

この企ては、しくじったかと野村と清原が臍《ほぞ》を嚙んだそのときであった。

「おっ父う……」

金太たち三兄弟が、左兵衛の伝言をもって戻ってきた。

「おっ、おまえたちは……」

危険を感じたか、金太が逃げ出し、それをお桂と銀太が追う。

「あいつらをつかまえろ」

ほどなく、子どもたちは八名川一家の若い衆たちの手により、とり押さえられる。そのときの騒ぎが、隣の住人の耳に入ったのであろう。

「手荒なことはしたくありません」

あくまでも、銀四郎に対する野村たちの物腰はやわらかい。

「これからも、親子四人一緒に暮らせるのですよ。しかも、こんな酷いところではなくまともなところでもって」

やはり、別れるのは忍びない。せっかく戻ってきた子どもたちを手放したくないと、銀四郎の心はにわかに変化をきたす。

「親子ともども、お願いします」

銀四郎が、頭を下げた。

そして、誰にも見られることなく、銀四郎親子を乗せた川舟は静かに神田川の岸を離れていった。

六

鴨を連れてくるのは、兆次の役目である。

「――そんなに困っているのですか？」

兆次が相手にしているのは、瀬戸物問屋みのやの若旦那六市郎であった。

本所回向院前の居酒屋で、六市郎の杯に徳利の口をあてて兆次が言う。言葉は、伝法なものでなく、武家に仕えるまともな口調であった。

「商いというのも、大変なものなんですねえ」

「ああ、親父は年がら年中百両足りねえ、二百両足りねえってぼやいてやがら。もう、あの店が人手に渡るのは、遠い先ではねえな」

兆次から注がれた酒を呑み干し、六市郎は愚痴を言った。

「そりゃ、難儀なことで。でしたら、いかがです……？」

ここが兆次の切り出しどきであった。

「いかがですって、なんだい？」

「起死回生の一手を指してみたら、いかがかと」

「起死回生の一手だと……？」

「左様です。手前が仕えるお家は、伊勢の桑田藩というのはご存じですよね」

六市郎は、うなずいて答える。

「その若君が、無類の将棋好きでして。いつも、誰かに教わりたいと強い相手を探してておられるのですよ。六市郎さんほどの実力があれば、若君にご指南がしてさし上げられるのではないかと。うまくご機嫌がとれれば……」

「手前でよければ、いつでも」

大名の若君と将棋が指せ、うまくいけばかなりの礼金が見込まれると、六市郎は有頂天になった。

翌日、六市郎が桑田藩の東の下屋敷に赴《おもむ》くと、三人の子どもが座っている。

金太と銀太の頭は、小姓髷《こしょうまげ》にきちんと結《ゆ》われ、身は紺の小袖に金糸で織られた袴《はかま》を穿《は》いている。まるで端午《たんご》の節句から抜け出たような、若君振りであった。そして、真ん中に姫様衣装で、頭にはビラビラの眩《まぶ》しい簪《かんざし》を挿したお桂が座っている。

「おや、三人もいるのですか？」

「左様……」

六市郎を相手にしているのは、野村である。ここでは清原と兆次は顔を見せない。

「若たちと姫をお相手していただけますかな？」

「かしこまりました」

「それでは、はじめは金ノ助《きんのすけ》様から」

六市郎の、最初の相手は若君に扮《ふん》した金太からであった。

手が進み、七十二手目を六市郎が指したところであった。

「まいった」

と言って、金太は持ち駒を盤上に投げ捨てた。金太は、わざと負ける将棋に不満をぶつけているのだが、そのふてくされた態度はいかにもわがままな若君らしく、六市郎の目には映った。

「さすが、ご指南役でござりますな。それでは、次は桂姫《けいひめ》様とお相手していただけますかな」

六市郎は、お桂を相手にすることになった。

四十五手目で、すでに終盤を迎えている。お桂の王様は、風前《ふうぜん》の灯火《ともしび》であった。あと、三手もすれば詰むだろうといったそのときであった。

「なんだとう？　大名だか大根だか、そんなもんはこっちにはかかわりねえってんだ。この、うす馬鹿野郎！」

隣の部屋から、怒鳴り声が聞こえてくる。その怒声に驚き、六市郎の手は止まった。

「殿様に貸した三百両、きのう返す約束だぜ。返せねえって、いってえどういう了見《りょうけん》でえ、ああん」

「ですから、殿は今……」

「いねえだとう？　だったら、きょうからこの屋敷は八名川一家のものになるけど、いいんだな。うちの若い衆を今夜から寝泊りさせるんで、てめえらはみんなすぐに出ていってくれ」

隣の部屋からの声は筒抜けである。

やくざ者の怒鳴り声におののき、銀太が泣き出す。演技ではなく、自然のなり行きだが、六市郎を陥《おとしい》れるには絶妙の間合いであった。

「若、恐いことはありませんぞ。六市郎どの、少々お待ちを」

銀太をなだめ、野村は隣の部屋へと移った。

「申しわけございませぬ」

武士が畳に額をこすりつけ、渡世人に謝《あやま》っている奇妙な光景であった。襖《ふすま》があいているので、六市郎にもその様は見て取れた。

やがて、話がついたか野村が戻ってくる。

「六市郎殿、お恥ずかしいところをお見せしました。大名とはいっても、内情は火の車でして……」

野村はうしろ手で襖を閉め、青ざめた顔で、六市郎に話しかけた。

「あんな奴らに屋敷を渡すぐらいなら、きちんとしたお店にお預けしたい。ですが、そちら様もお店の運営が芳《かんば》しくないと。失礼ですが、いずれ潰れるものと中間から聞いております。でしたら、いかがでしょう。このお屋敷を売れば、少なくとも五百両にはなります」

いよいよ、六市郎をけしかけにかかる。その言葉つきは、あくまでも柔軟なものであった。

「六市郎殿のお店と、この屋敷を賭けての勝負を銀之丞《ぎんのじょう》様となされてくださりませんか？　銀之丞様が負けるのは分かっておりますが、それでかまいません。六市郎殿は、若君と姫に向かってすぐに出ていけとは言いませんよな」

「ええ、もちろんです」

「ならば、十日はここにいさせていただければありがたい」

「十日といわずいつまでも……」

「いや、他人《ひと》の手に渡ったところにいつまでもいるわけにはいきませぬ。だが、赤坂の上屋敷には、理由《わけ》あってすぐに戻ることができません。そうなると、十日も路頭に迷わせることになります。それが、不憫《ふびん》で不憫で……」

と言って、野村は涙を一滴垂らした。

「勝負で負けて、すでに他人の手に渡ったとあったら、あの極道どもも手を引くでありましょう」

「そうですね」

六市郎が返事をしたと同時に、野村が襖を開け清原を呼んだ。

「書き付けを記すから、紙と書くものをもってきなさい」

清原に命じ、やがて書道具が用意される。野村は、巻き紙にさらさらと筆で何やら記した。

「口頭ではなんですから、一応は証文を書いておきました。双方、勝負に負けたときに異論があってはまずいですからな」

野村が、六市郎に書いたばかりの証文を手渡す。六市郎、書面に目を通す間、野村のギロリとした目が向いているのに気づくはずもない。

――ああ、この屋敷が手に入れば……。

みのやも一息つけると、六市郎の頭の中はそれで一杯となった。親指に朱肉をつけてつめ印を捺《お》す。

「銀之丞様、お願いします」

五歳の対戦相手に、六市郎は頭を下げる。相手を見下ろすその目は、幾分ほくそ笑んでいるように見えた。

銀太は、いつものように挨拶を失念していた。それが若君らしい、高慢さにも見える。
高慢なのは、六市郎のほうであった。それを思い知らされるのは、三十一手目を間
髪おかずに銀太が指した手にあった。
遠く、斜交《はすか》いにある銀太の角が、六市郎の王様にあたっている。そして、もう一方
の向きが飛車を差している。王手飛車取りの一手であった。飛車が取られては、この
将棋は万事休すである。六市郎の肩が、がくりと音を立てて力が抜けた。
その翌日、みのやの母屋の奥にある簞笥から、土地・家屋・財産一切の権利書が消
えているのが発覚した。

藍羅布堂の時次郎を陥れたのも、ほぼ同様の手口であった。だが、野村たちの誤算
であったのは、時次郎が自害したことだ。
ほとぼりが冷めるまでと、すぐには桑田藩の名は出せない。
「――まずいことになった」
野村の憂いは、時次郎を自害に追いやったうしろめたさでなく、すぐには土地家屋
を金に換えられないことにあった。

「このひと月で千両を見込んでおりましたのが、難しくなりましたな」

清原の口からも焦りが漏れる。

そして今、新たな鴨が桑田藩の下屋敷の中に入った。お香と左兵衛が思い描いたとおり、瀬戸屋の拾一郎《じゅういちろう》の三百両が狙われている。

陥れる手はずは、六市郎や時次郎のときとほぼ同じである。

若君や姫様の格好をさせて、金太とお桂、そして銀太と対戦をさせる。

幼い三兄弟がおとなしく野村たちの言うことを聞くのにはわけがあった。

「――お父っつぁんが殺されたくなかったら、言うとおりにやるのだ」

銀四郎を人質にして、金太とお桂を手なずけさせる。この二人なら、わざと将棋を負けることができるからだ。しかし、五歳の銀太に言い含めるには難がある。そこで、銀太には本気で勝負を挑ませる。すでに銀太の腕は、中間の兆次をはるかにしのぐものであった。

「賭け将棋の相手をさせるのは、銀太で充分です」

兆次は、銀太を賭けの対象にさせた。

「よもや、誰もあんな幼い餓鬼に負けるとは思わぬだろうからな。兆次、おまえという奴は……」

「中間にしておくには、もったいのうござりますな、野村様」

「清原、おまえもそう思うか？」

「まったくで……」

「いやいや、買い被《かぶ》られても困りやす」

頭を掻いて、野村と清原に兆次は返す。三人の高笑いが、下屋敷の一室で轟《とどろ》いたものだ。


みのやの物件を見た瀬戸屋の拾一郎は、なんとしても手に入れたい欲望に駆られ、手持ちの三百両を張ることにした。

すでに、金太とお桂を負かし、銀太との勝負で賭けに誘われた。

「瀬戸屋さんが勝ったら、あのみのやの物件は差し上げるとしましょう。若君様たちを楽しませていただいたお礼にな。それと、欲しいお方にもらっていただくのが一番でござる」

甘い話に罠があると感じた瀬戸屋拾一郎は、首を捻って問いをかけた。

「もし、手前が負けたとしたらいかがなされます？」

「こんな若君相手にそれはないでしょうが。そうですな、万が一瀬戸屋さんが負けましたら……そうだ、先ほどお手持ちに三百両あるとか申しておりましたな。なんでしたら、それでも賭けていただきましょうか」

やはり、そう来たかと拾一郎は思ったものの、洟《はな》を垂らして呆《ほう》けているような銀太を見て肚の中ではほくそ笑んだ。

「……この若様が相手だったら」

兄の金太と姉のお桂の演技に騙されているとも知らず、すでに勝った気持ちとなっていたから思い込みというのは恐ろしい。瀬戸屋拾一郎の頭の中に三百両の金が消え失せるなどとの思いは、まったくない。

これからの、商いの進展に思いを馳せる。

拾一郎が、有頂天の思いから引きずり下ろされたのは、銀太との勝負がはじまってから、わずか四半刻も経ってはいない。

三十九手目の、銀太が指した底歩で自陣を守る手を見て、実力を思い知らされる。

「……こんな手を、こんな子どもが指すなんて」

瀬戸屋拾一郎の顔が青ざめ、初めて相手の手中にあることを知った。それからというもの防戦一方となり、以後十八手目の銀打ちを見て拾一郎はがっくりと頭を下げた。

わずか五十七手で、三百両が消え失せた。

「お帰りは、お宅までお送りいたしましょう」

あくまでも、野村の口調は丁寧なものであった。

川舟に乗せられ、そこには八名川一家の若い衆三人と清原が一緒に行く。賭け金の取り立てで同行する、いわゆる付け馬というやつである。

七

瀬戸屋からまんまと三百両をせしめ、野村と清原と兆次は下屋敷の一室で酒を酌み交わしていた。

「これで、小判で三百両とみのやの身代が手に入ったな。藍羅布堂の物件はしばらく手放せないとしても、みのやを五百両で売ったとして、これで八百両ってところか」

野村が、酒の肴《さかな》として焙《あぶ》った烏賊《いか》の足をしゃぶりながら言った。

「これで、あしたは御家人が三百両もって来やすからね。そいつを合わせりゃ、一千と百両になりやすね」

「左様であるの。ほれ兆次、これで岡場所にでも行って遊んでくるがよい」

野村は、目の前にある三百両の小判の山から切り餅を一つ裂き、そのうちの五両を兆次の膝元に投げつけた。

「ありがとうございやす」

岡場所の女郎に思いを馳せ、兆次は、普段は吊り上がっている目尻を下げた。

「ところで、あしたはなぜに御家人なのだ？　嵌《は》めるのは、商人だけでよかろうに」

二本差しの侍を騙したとあっては、あとが恐い。そんな憂いが野村にあった。

「いや、こいつはからきし駄目なお侍でして」

やっとうの格好をして、兆次は言う。

「剣の腕はまったくでも、賭け将棋には目がなく……」

「変わった御家人であるな」

「その侍があまりにも剛毅なことを言うのを耳にしやして、こいつも鴨にしようと果たし状を送ってやったんでさ。ええ、もちろん将棋でですよ。その果たし状には、三百両賭けてと、書いておいてやったんでさあ」

「おまえこそ、ずいぶんと剛毅なことを書いたな。ところで、たかだか御家人ごときで三百両なんてもっておるのか？」

「御家人株を売れば、そのぐらいにはなるでしょうよ。その御家人、大塚須鴨っていう名なんですがね、あさってからは浪人でございますな。銀太……いや、銀之丞様の手にかかりやして」

「商人だけでなく、武士までも陥れる兆次、おまえって奴は……」

「ほとほと呆《あき》れたとでも、言いたいのでやすかい、野村様？」

「いわゆる、豪腕ていうやつですな。いかなる者でも、兆次の手玉《てだま》にかかれば敵いませんでしょうよ」

清原も兆次を褒《ほ》め上げる。

「そんなことはございやせんよ、清原様。お二方《ふた》だって……」

「おまえに負けず劣らずの、知恵者とでも言いたいのか？」

「左様で。よく、お分かりになりやすな、野村様」

「そのぐらい、分からんでか。うぬっ、うはうはうははは……」

三人の高笑いが、四部屋先の六畳間に押し込められた銀四郎の耳に聞こえてきた。

相変わらず銀四郎の身なりは、掘っ立て小屋にいたままである。蒲団も与えられず、畳の上に転がされている。簀の子の床に筵を敷いたそれよりはましであったが、面倒を見ると言った境遇とは、かけ離れたものであった。

ここに来てから、銀四郎親子は引き離されて顔も見ていない。別々の部屋に隔離されていた。

銀四郎は、逃げられぬようにと八名川一家の若い衆たちに二六時中見張られている。

もっとも、銀四郎の弱った足では逃げられはしないのだが。

連れ込まれた当初、銀四郎に刃物がつきつけられ、三人の子どもたちは脅かされている。

「――言うことを聞かねえと、おめえらのお父っつぁんはあの世行きだぞ」

幼い子どもたちを繰《あやつ》るのは、それで充分であった。

それからというものは、生かさず殺さず。息が止まらぬようにと、わずかの食いものが銀四郎と、その子どもたちに与えられるだけであった。

将棋の対局場は少し離れた部屋にあり、賭け将棋に子どもたちが利用されていることを、寝たきりである銀四郎は知るはずもない。

下屋敷に連れてこられ、すでに半月近くが経っている。

「おっ父う……」

子どもたちの、父親を募る思いが日に日に強くなる。

「……ちゃん」

「銀太、もうすぐおっ父うに逢えるからね」

涙を流す銀太に、お桂がやさしく慰める。そんな二人を、長兄の金太が見つめている。

そこいらの並みの九歳ならば、棒切れを振り回して遊び呆けている年ごろである。だが、今の金太は、同じ九歳の子どもたちとは違う感覚を身に着けていた。劣悪な境遇が金太を知らずうちに成長させていたのだ。

「そうだ、お桂。あしたも将棋の対戦があると言ってたよな」

「うん、言ってた」

対戦相手が、御家人の大塚須鴨であることは知らされてはいない。

金太とお桂は、わざと負けろと言い含められている。しかし、銀太は何も言われずに勝ちまくっている。ここに、何か仕掛けがあると金太は睨んだ。

「銀太、あしたは負けろ」

「いやだ、おいら負けたくねえ」

勝負師にとって重要な、負けず嫌いな性格を、銀太は幼くして兼ね備えていた。金太はそれを見越して、銀太に説いた。

「いや、銀太。これはうそ負けだから、負けたことにはならねえ」

「うそ負けかあ」

「ああ、あんちゃんたちもうそ負けだからな」

「だったら、おいらもうそ負けする」

銀太が負けることによって、事態が変わるかもしれない。だが、その結果がどうなるかまでは金太に予想がつくことではなかった。

良くなるか悪くなるか——。

しかし、何もしなければ何も変わらないのはたしかである。金太は、銀太の将棋に一か八かを賭けることにした。


翌日の大川は、穏やかな流れであった。水面《みなも》は白波一つ立てず、ゆっくりと江戸湾に向かう。

正午を報せる鐘の音が鳴り終わるころ、柳橋を潜り神田川から出てきた一艘の川舟が、大川の流れに乗った。

小舟には船頭を除いて、四人の人影があった。一人は黒羽二重の小袖をまとった侍である。二人は渡世人風で、残る一人は目尻の吊り上がった、枡形《ますがた》の紋が胸に入った法被《はっぴ》を着ている。襟は縞柄で、帯は市松模様である。姿は大名家に使える中間そのものであった。

「あの中間が、兆次っていうやつね」

柳橋とは対岸の両国橋の下で、川舟に乗っているお香が言った。

同じ舟に、左兵衛と米吉も乗っている。そしてさらに、もう三人が加わり総勢六人が乗り込んでいた。

「あの舟をつけるんですかい？」

「お願いします」

船頭の問いに、お香が答えた。行き先はおおよそ分かっている。だが、万が一外れることもあると案じ、舟を舟でつけることにした。

案の定、大川から竪川に入り、大塚須鴨を乗せた舟は松井橋を潜ると六間堀に入っていった。

「もう、間違いはないわね」

少し離れていても、行く先は知れている。細い水路だと、あとを尾けているのが露見する恐れがある。お香たち六人は、松井橋の先で舟から下りると川沿いを歩いて先行く舟を追った。

「ご隠居様、お腰はだいじょうぶで？」

「さっきから、だいじょうぶだといっておるだろ」

「きのうは、たいそう痛がっておいででしたけど」

「それがなお香……」

たまたま竜之進が外に出たところ、足力杖《あしりきづえ》なるものを二本肩に担いだ男が通る。変わった風体《ふうてい》をしているので、竜之進が呼び止めると男は『踏孔師《とうこうし》』と自ら名乗った。足で人体の壺《つぼ》を踏み、病を治す踏孔療治《りょうじ》では第一人者だと吹聴する。踏孔療治とは、平たく言えば足踏み按摩《あんま》である。だが、そんじょそこいらの足踏みとは一線を画していると、男は言う。それだけに、半刻の療治で一両とべらぼうに高い。

腰痛に効くかと問えば、そのためにあるようなものだと男は言った。

竜之進は、梅白に踏孔師のことを告げると、一両と高いのが気に入ったと言う。この痛みさえ取れれば、金など惜しくないと言うのが梅白の言い分であった。

うつ伏せになり、背中に乗られる。足力杖は、踏孔師の体重を微妙に加減するためのものであった。

半刻の踏孔療治の効果は抜群で、梅白に安楽をもたらしてくれた。療治後は腰の痛みはすっかり消え、なんの苦痛もなく歩くことができる。杖など用がないほどである。

猫背気味の背中も真っ直ぐになり、しゃきっとしている。

「そんなわけで、もう元の体に戻ったわ」

「それは、よかったでございます」

実は、梅白はあることを思いつき、竜之進を使いに出すところであったのだ。

「わしのいとこが、水戸の中屋敷に住んでいての。やはり同じぐらいの齢で、貫禄がいい。そいつに、わしの代わりを頼もうと思っておったのじゃ」

腰痛が癒《い》えなかったら、ここにいるのは梅白のいとこだったと言う。

「ご隠居様は、そんなことまで考えてらしたのですか」

「言わなかったのは、いとこに断られることもあるでな。はっきりしたことが分かるまで、何も言えなかったのだ。それと、いとこにおいしいところをもっていかれるのも、癪だしな」

「おいしいところって、なんです？」

「いや、なんでもない。口が滑《すべ》った」

お香は、それ以上梅白を追求することはなかった。

何よりも梅白の腰痛が治り、ここに来てくれたのが嬉しいお香であった。

やがて舟は五間堀に入り、横川の方面へと向かう。

萬徳山彌勒寺《まんとくさんみろくじ》の練塀の脇を通り、やがて水路は鉤方《かぎがた》に折れる。それから一町ほど行ったところにある桟橋に舟は横づけされた。

建仁寺垣で囲まれた屋敷は、大名の下屋敷としては貧素《ひんそ》である。

「あそこが、桑田藩の下屋敷か」

「これは、拝領屋敷ではございませんね、ご隠居」

虎八郎が、屋敷の様を見て言ったところで、四人が邸内に入っていく。鉄扉とは違い、数寄屋造りの華奢《きゃしゃ》な門構えであった。

四人が邸内に入ったのを見届け、しばらくして格子戸を開けると難なく開いた。

敷石の先に、古い造りの母屋である。

「これでは、泥棒など入らぬな」

「その分、警備が厳重かと……」

言って、虎八郎は邸内を緊張した面持ちで探った。だが、庭には人っ子一人いない。だからといって、六人ぞろぞろ入っていっては目立つであろう。ここは、お香と竜之進と虎八郎が中の様子を探ることにした。

梅白と左兵衛と米吉は、外で合図を待つ。お香が投げる将棋の駒が、梅白たちの進入のときとした。

「ずいぶんと、手薄な警備だな」

竜之進が、虎八郎に話しかける。

「手薄というより、誰もいないではないか。これでも、下屋敷といえるか」

「この中に、銀四郎兄さんと子どもたちがいるのよ」

舐めてかかったら、子どもたちの命が危ないとお香は小声で言った。

見つからぬよう、物陰に隠れながらさらに邸内の奥へと進む。やがて三人は、母屋の玄関へとたどり着く。

三百坪の平屋である。古いとは言えど、部屋数は多い。

そっと遣戸を一寸ほど開け、中をのぞいて見る。玄関の土間だけでも二十坪はありそうだ。だだっ広い玄関口であった。

「ここから入ったのでは、探すのに苦労するな」

どうしようかと、竜之進が腕を組んで考えはじめたところであった。

「竜さん……」

暑いのに、太縞の派手な褞袍《どてら》を上にまとった五十歳がらみの男を先頭に、五人の男が門を入ってくるのが、お香の目に映った。

咄嗟に三人は、庭に植わる柿の木の陰に隠れた。柿の木は細く、半分体は隠せないものの、相手には気づかれないようだ。

派手な褞袍を着た男が、母屋の玄関戸をあけ中に声を飛ばした。

「誰か、おりやすかい？」

やがて、奥からどやどやとした足音が聞こえてくる。

「ああ、親分」

親分という呼ばれた男は、博徒八名川一家を率いる貸元の繁蔵であった。

「どうでい、今んとこ何も変わったことがねえか？」

「へえ、なんも……」

「そうかい。ところで、きょうの相手が侍と聞いたんでな、何かあってはまずいと四人引き連れてきた」

「左様でしたかい。そいつは、野村様も喜びますでしょうて。さっ、こちらです。上がっておくんなせい」

案内をするのは、八名川一家の若い衆である。親分を屋敷の中へ案内する。

この機会を失うまいと、お香と竜之進、そして虎八郎は母屋の中に入った。

桑田藩の家臣や奉公人は、一人として出てこない。もう、お払い箱になる下屋敷である。家臣といわれるのは野村と清原だけで、奉公人は中間の兆次と食事の賄をする女中が一人、そして庭の掃除をする七十歳近い老人が一人いるだけであった。

八名川一家の博奕場として使われる以外、なんの用途もない下屋敷であった。

繁蔵たちが案内されて、廊下から部屋に入っていく姿が見えた。

「多分、あそこの部屋ね」

大塚須鴨が対局する部屋は、繁蔵たちが入っていった部屋だとお香は踏んだ。そして、一歩一歩足音を消して三人は近づく。対局部屋と思われるところまでは、十間ほどの長い廊下であった。その距離が倍にも遠く感じられる。

八

誰にも見咎められることなく、部屋へと近づくことができた。

「お香、こっちだ」

虎八郎が小声でお香を呼んだ。廊下にいてはすぐに見つかってしまう。虎八郎が隣の障子戸の障子紙に、指にたっぷり唾をつけ穴を開けている。その穴から、誰もいないのをたしかめ、隣の様子を探ることにした。

隣とは襖でもって仕切られている。耳を近づけると、話し声が聞こえてきた。

「これは親分、ご苦労さまでござった。これから対局がはじまるが、隣の部屋でもって控えていてくださらんか」

桑田藩の家臣である清原の声であったが、むろんお香には誰の声かは知れぬ。

「これは、まずいな」

慌てた三人は、反対側の襖を開けそのまた隣の部屋へと移った。

襖を閉めたところで、向こう側の襖が開く音がした。

「ここからでは、対局の様子が分からんぞ」

竜之進が、部屋伝いで反対側に回ろうと言った。一部屋一部屋に注意を促しながら、遠回りで回り込む。

そっと、四つ目の襖を開けたときであった。

誰かいる。横たう男の姿を見て、お香は咄嗟《とっさ》に襖を閉めた。お香たちの存在に相手は気がつかなかったようだ。

「もしかしたら……？」

銀四郎兄さんかと、お香の勘が働いた。一度閉めた襖を、再度そっと開ける。横たう姿が、暗い中にぼんやりと見える。背中を向けて、寝ている。着ている襤褸《ぼろ》布にお香は見覚えがあった。

そっと近づき、お香は声をかけた。

「銀四郎兄さん……」

「あっ」

と言う、驚く声が返った。

「しーっ」

指を口の前に立て、お香は銀四郎の言葉を止めた。

お香の顔を見て、あふれんばかりの涙が銀四郎の目に溜まるのが見えた。

銀四郎の閉じ込められている部屋は分かった。あとで救いにくるからと言い残し、お香たち三人は、六つほど空部屋を通り抜け、ようやく対局室の反対側の部屋へと回った。そこには誰もいない。

隣の様子を耳を澄ませて聞く。

「さすが、お強いでございますな」

野村の、大塚須鴨に対する世辞が聞こえてきた。金太との一局が終わったようだ。

「金ノ助様の次は、桂姫様とお願いできますかな？」

金ノ助とか桂姫とか、何を言っているのかお香には意味が分からない。片目分の幅に襖を開け、隣の部屋をうかがった。

子ども三人が並んで座っている。見違えるほどの、立派な若君と姫様姿であった。

「なるほど、そういうことか」

みのやの六市郎や藍羅布堂の時次郎たちが、陥れられた仕掛けが分かる気がしたお香であった。

黙って、お香と竜之進、虎八郎の三人はその先の動向に耳を傾ける。

「桂姫様、このお侍はお強いですから、よく教えていただきなされ。それでは大塚殿、お願いいたす」

「かしこまった」

盤に駒が並べられ、お桂と大塚須鴨の手合いがはじまる。いつもの手はずどおりに、お桂は悪手を指す。その手を機に、大塚は断然優勢になり、そして押し切った。

「よかったですな、桂姫様。お強い方に稽古をつけていただきまして」

「うん……」

野村の言葉に、お桂は元気よく答える。これもみな、金太と決めたお桂の、野村たちを油断させる演技であった。

これから、銀太も負ける。野村たちの目論見《もくろみ》が狂って、怒り出す。そのあとは、目の前にいる大塚須鴨の二本の刀が、なんとかしてくれるだろう。

侍が相手と聞いてきのうの夜考えた、金太たち兄弟が命運を賭けた勝負手であった。

「それでは、大塚様。先ほど申しましたように、手前は腹痛でどうにもなりません」

兆次が腹を押さえながら言う。先ほどから、腹を押さえては部屋を出たり入ったりしている。

「三百両の手合いは、この銀之丞様とお願いできますか？」

大塚には罠なのは端から分かっている。しかし、この部屋のどこかにお香から聞かされている強い味方が控えている手はずである。それを信じて、大塚はこの手合いに乗った。

「よかろう……」

と、笑みを浮かべて大塚は返事をする。

「それでは、銀之丞様。教えていただきなされ」

「うん」

銀太は返事をしながら、もう駒を盤に並べている。大塚も、銀太の手の動きに合わせて駒を並べる。その素早さに、慌て気味であった。

教えてもらう身だからと、銀太が先番になる。

指しているうちに、どんどん銀太が優勢になる。わざと負けるというのは、今までやったことがない。だから、手加減というのを銀太は知らない。思うがままに指す。

だから、大塚須鴨との実力の差は歴然である。

大塚の王様が、徐々に追い詰められていく。このまま行けば、銀太の勝ちが見えている。それでは、せっかく練ったきのうの策が水の泡《あわ》と化す。

勝負の行方を見やって、ほくそ笑んでいるのは野村たちであり、顔をしかめているのは金太とお桂であった。

――銀太、負けろ！

口には出せずに、心で叫ぶ。

だが、大塚の王様は風前の灯であった。そして、最後の手を銀太が指した。

「おおーっ」

驚嘆の声を上げたのは、大塚須鴨であった。

「これは、拙者の勝ちでござりまするな」

呆然として盤を見やるのは、野村と清原、そして兆次であった。

銀太の指した手は『打ち歩詰《ふづ》め』といって、禁じ手であった。持ち駒の歩を王様の頭に打って詰ませたのである。指したと同時に、即反則負けとなる。

「銀太、おまえ……」

苦渋の怒声が野村の口を割《さ》いて出る。もう、呼び名は銀之丞様ではなくなっている。

「うぇーん」

野村の怒声に、銀太は大声で泣き出す。

「それでは、三百両いただこうか」

大塚が、片膝立てて勝ち金を要求する。

「うるさい、こんな将棋で金が払えるか」

野村が突っぱねる。

「親分、出てきてくれ」

「へい」

と言う声が聞こえ、隣の襖が開いた。ぞろぞろと、繁蔵を筆頭に七人の子分たちが出てきた。

「卑怯《ひきよう》なり……」

大塚須鴨は一言発しただけで、体が震え怯えきっている。

見てくれは強そうである。これぐらいの相手なら、あっという間に斬り捨ててくれるものと思っていたのだが、とんでもない見かけ倒しであった。

金太たちの誤算であった。

大塚としても、どこかに強い味方が潜《ひそ》んでくれているものと思っていたが、そんな気配がない。

八名川一家子分衆七人が腰に差した鞘《さや》から、刃渡り二尺ちょうどの長脇差《ながどす》が一斉に抜かれた。

「三百両は……」

どうでもいい。命だけは助けてくれと、大塚が嘆願しようとしたところで、襖が開いた。

ピシッと音がして、子分の一人の額《ひたい》に将棋駒が当たった。

「誰でい？」

繁蔵が、開いた襖の先を見ると娘を真ん中にして、町人風の男が二人両脇に立っている。

「あたしたちは、この子たちを連れ戻しに来たのさ。とんだ阿漕《あこぎ》な藩だねえ、桑田藩ての は」

お香の啖呵《たんか》に、野村と清原はあっけに取られている。そのすきに乗じ、金太とお桂と銀太は、渡世人たちの刃をかいくぐって、お香と竜之進と虎八郎の背中に回った。

大塚須鴨も、子どもたちのうしろについた。

「大塚様、子どもたちを頼みます」

「分かった。だったら、これを」

と言って、大塚須鴨は差している大小を、竜之進と虎八郎に渡した。これで、得物はできた。

竜之進が大刀をもち、虎八郎は脇差をもった。両者一斉に鞘から刀を抜く。

「うっ……」

しかし、力を込めても刀は抜けない。

「おかしいな?」

さらに力を込めるが、鯉口《こいぐち》が切れない。大小ともである。

「この三年、一度も刀を抜いてないでなあ」

大塚が、申しわけなさそうに言う。錆《さび》で刀が膨張し、抜けなくなっていたのであった。

「仕方あらぬ、木剣のつもりで立ち向かおう」

竜之進が言うが早いか、虎八郎が鞘のついたまま全長一尺五寸の短い刀を振り回してかかっていった。

カキーンと、長脇差の刃をかち上げる音が響く。同時に、グスッと腹をえぐる音が聞こえた。鞘の鐺《こじり》で虎八郎が子分衆の腹を突き刺し、男が一人崩れ落ちる。

刀と鞘の当たる音が、鳴り渡る。

やくざ殺法では、水戸藩の道場で慣らした竜之進と虎八郎の剣法には敵わない。その腕を買われ、梅白の付き人になった男たちである。あっと言う間に、七人は畳の上でもがき苦しんでいた。

「ええい、だらしねえ野郎どもだ」

繁蔵が、親分の意地を出すと思いきや、廊下を伝って逃げ出した。

「ここは通させませんぞ」

玄関の土間に梅白と左兵衛、そして米吉が立っている。お香が合図としてくれ縁《えん》から外に向けて、王将の駒を飛ばしたからだ。

梅白が、藜《あかざ》の杖を水平にして、繁蔵を通せんぼする。

「なんだ、このくそ爺《じじい》は？」

梅白に対して、繁蔵は悪態を吐く。そして、腰に差す長脇差を抜いた。上がり框から飛び降り、繁蔵は梅白を狙った。梅白は、腰を捻って繁蔵の切っ先をかわす。そして、藜の杖は、繁蔵の小手を払い突き出た腹をえぐった。梅白が、繁蔵をもうひと打ちしようとしたそのときであった。

梅白の腰に、ピンと響くものがあった。

「うっ、痛っ」

すでに兆次は、竜之進の鞘で打ち据えられて観念している。残るは、首謀者である野村と清原であった。

これは敵わぬとばかり、くれ縁から外に飛び出す。あとも見ず、二人そろって逃げ出したのであった。

「あっ、あいつら……」

お香の懐には、いつも巾着の袋に入った将棋の駒がある。お香は二駒をつかむと、それぞれに向けて礫《つぶて》のように投げつけた。

五角の駒の先端が、野村と清原のうなじに刺さった。

「うっ」

と言って足を止める二人に、竜之進と虎八郎が襲いかかる。

勝負は、それまでであった。

梅白が、腰をさすりながらうずくまる野村と清原に相対した。

「わしはな、水戸の梅白と申してな。その昔、諸国漫遊をして悪人を懲らしめた黄門様は、わしの曽祖父《ひいじいさん》よ」

桑田藩の家臣に対し、身分を明かす。驚いた野村と清原の顔が梅白に向く。

「このたびの一件は、桑田藩藩主長島土岐守茂起殿に、幕府の大目付を通してよく言って聞かすことにしよう」

それが何を意味するかが分かり、野村と清原の顔がさらに歪んだ。

「……ご隠居様がおいしいところと言っていたのは、これのことか」

お香は、礫として放った将棋の駒を拾いながら呟いた。

「駒を投げるのはいいけど、あとで拾うのが大変なのよね」

愚痴も吐いて出る。

「それにしても、お香はいつからそんな技ができるようになったのだ？」

お香の投げ駒の凄さに驚き、虎八郎が訊いた。

「いえ、たった今。怒りを込めて投げたら、駒が勢いよく当たったの」

お香でも、よく分からない技であった。

梅白の腰が、またも痛んだとあって帰りは行けるところまで、舟に乗ることにした。

そうそう、銀四郎も運ばなくてはいけない。

帰りは総勢十人となった。

少し大ぶりの川舟をつかまえ、大塚須鴨を除いてみなが乗った。大塚は、恥ずかしいからと、独《ひと》り陸路を歩いて戻ることにしたのであった。

金太と銀太は若君、そしてお桂は姫様の姿で舟に乗り込む。三人で銀四郎を取り囲んだ。

竪川から大川に出て、川面を撫でる風がお香の頰を伝った。

やがて舟は、柳橋を潜り神田川へと入る。筋違御門あたりの桟橋につけてもらうつもりであった。

舟が和泉橋を潜って、一町ほど進んだところであった。銀四郎親子が住んでいたあたりに差しかかる。

すると、そのとき――。

「あっ、あれは」

米吉が、素っ頓狂の声を張り上げた。

「奥様だ」

米吉が目にしたのは、川面で洗濯をする六左衛門の内儀であるお信《のぶ》であった。

川舟は岸に横づけにされ、そこで土地家屋の権利書を手にしている米吉は下りた。

さらに西に向かう舟の上では、金太にお桂に銀太のうち、誰が将来名人になるかの話題で盛り上がりを見せていた。

時代小説

二見時代小説文庫

幼《おさな》き真剣師《しんけんし》 将棋士《しょうぎし》お香《きょう》 事件帖《じけんちょう》3

著者 沖田正午《おきだしょうご》

発行所 株式会社 二見書房
東京都千代田区三崎町二―一八―一一
電話 〇三―三五一五―二三一一［営業］
〇三―三五一五―二三一三［編集］
振替 〇〇一七〇―四―二六三九

印刷 株式会社 堀内印刷所
製本 ナショナル製本協同組合

落丁・乱丁本はお取り替えいたします。
定価は、カバーに表示してあります。

ISBN978－4－576－12084－3
http://www.futami.co.jp/

二見時代小説文庫

斬り込み　はぐれ同心 闇裁き5
喜安幸夫［著］

時の老中の家臣が水茶屋の妓に入れ揚げ、散財しているという。極秘に妓を〝始末〟するべく、老中一派は龍之助に探索を依頼する。武士の情けから龍之助がとった手段とは？

槍突き無宿　はぐれ同心 闇裁き6
喜安幸夫［著］

江戸の町では、槍突きと辻斬り事件が頻発していた。奇妙なことに物盗りの仕業ではない。町衆の合力を得て、謎を追う同心・鬼頭龍之助が知った哀しい真実！

口封じ　はぐれ同心 闇裁き7
喜安幸夫［著］

大名や旗本までを巻き込む巨大な抜荷事件の探索を続ける同心・鬼頭龍之助は、自らの〝正体〟に迫り来たる影の存在に気づくが……大人気シリーズ第7弾

間借り隠居　八丁堀 裏十手1
牧 秀彦［著］

北町の虎と恐れられた同心が、還暦を機に十手を返上。その矢先に家督を譲った息子夫婦が夜逃げ。間借りしながら、老いても衰えぬ剣技と知恵で悪に挑む！

お助け人情剣　八丁堀 裏十手2
牧 秀彦［著］

元廻同心、嵐田左門と岡っ引きの鉄平、御様《ためし》御用山田家の夫婦剣客、算盤侍の同心・半井半平。五人の〝裏十手〟が結集して、法で裁けぬ悪を退治する！

剣客の情け　八丁堀 裏十手3
牧 秀彦［著］

嵐田左門、六十二歳。心形刀流、起倒流で、北町の虎の誇りを貫く。裏十手の報酬は左門の命代。一命を賭して戦うことで手に入る、誇りの代償。孫ほどの娘に惚れられ…

夜逃げ若殿 捕物噺 夢千両すご腕始末

聖龍人［著］

御三卿ゆかりの姫との祝言を前に、江戸下屋敷から逃げ出した稲月千太郎。黒縮緬の羽織に朱鞘の大小、骨董目利きの才と剣の腕で江戸の難事件解決に挑む！

夢の手ほどき 夜逃げ若殿 捕物噺2

聖龍人［著］

稲月三万五千石の千太郎君、故あって江戸下屋敷を出奔。骨董商・片岡屋に居候して山之宿の弥市親分とともに謎解きの才と秘剣で大活躍！大好評シリーズ第2弾

姫さま同心 夜逃げ若殿 捕物噺3

聖龍人［著］

若殿の許婚・由布姫は邸を抜け出て悪人退治。稲月三万五千石の千太郎君との祝言までの日々を楽しむべく由布姫は江戸の町に出たが事件に巻き込まれた。

妖《あや》かし始末 夜逃げ若殿 捕物噺4

聖龍人［著］

じゃじゃ馬姫と夜逃げ若殿。許婚どうしが身分を隠してお互いの正体を知らぬまま奇想天外な妖かし事件の謎解きに挑み、意気投合しているうちに…第4弾！

姫は看板娘 夜逃げ若殿 捕物噺5

聖龍人［著］

じゃじゃ馬姫と名高い由布姫は、お忍びで江戸の町に出て会った高貴な佇まいの侍・千太郎に一目惚れ。探索に協力してなんと水茶屋の茶屋娘に！シリーズ最新刊

枕橋の御前 女剣士 美涼1

藤水名子［著］

島帰りの男を破落戸から救った男装の美剣士・美涼と剣の師であり養父でもある隼人正を襲う、見えない敵の正体は？ 小説すばる新人賞受賞作家の新シリーズ！

剣客相談人 長屋の殿様 文史郎
森詠［著］
若月丹波守清胤、三十二歳。故あって文史郎と名を変え、八丁堀の長屋で貧乏生活。生来の気品と剣の腕で、よろず揉め事相談人に！心暖まる新シリーズ！

狐憑きの女 剣客相談人2
森詠［著］
一万八千石の殿が爺と出奔して長屋暮らし。人助けの万相談で日々の糧を得ていたが、最近は仕事がない。米びつが空になるころ、奇妙な相談が舞い込んだ…

赤い風花《かざはな》 剣客相談人3
森詠［著］
風花の舞う太鼓橋の上で旅姿の武家娘が斬られた。瀕死の娘を助けたことから「殿」こと大館文史郎は巨大な謎に立ち向かう！大人気シリーズ第3弾！

乱れ髪 残心剣 剣客相談人4
森詠［著］
「殿」は、大川端で心中に見せかけた侍と娘の斬殺死体を釣りあげてしまった。黒装束の一団に襲われ、御三家にまつわる奥深い事件に巻き込まれていくことに…！

剣鬼往来 剣客相談人5
森詠［著］
殿と爺が住む八丁堀の裏長屋に男装の女剣士が来訪！大瀧道場の一人娘・弥生が、病身の父に他流試合を挑む凄腕の剣鬼の出現に苦悩、相談人らに助力を求めた！

火の砦 (上)無名剣 (下)胡蝶剣
大久保智弘［著］
鹿島新当流柏原道場で麒麟児と謳われた早野小太郎は、剣友の奥村七郎に野駆けに誘われ、帰途、謎の騎馬軍団に襲われた！それが後の凶変の予兆となり…。

二見時代小説文庫

人生の一椀 小料理のどか屋 人情帖1
倉阪鬼一郎［著］

もう武士に未練はない。一介の料理人として生きる。一椀、一膳が人のさだめを変えることもある。剣を包丁に持ち替えた市井の料理人の心意気、新シリーズ！

倖せの一膳 小料理のどか屋 人情帖2
倉阪鬼一郎［著］

元は武家だが、わけあって刀を捨て、包丁に持ち替えた時吉の「のどか屋」に持ちこまれた難題とは…。心をほっこり暖める時吉とおちよの小料理。感動の第2弾

結び豆腐 小料理のどか屋 人情帖3
倉阪鬼一郎［著］

天下一品の味を誇る長屋の豆腐屋の主が病で倒れた。このままでは店は潰れる。のどか屋の時吉と常連客は起死回生の策で立ち上がる。表題作の外に三編を収録

手毬寿司 小料理のどか屋 人情帖4
倉阪鬼一郎［著］

江戸の町に強風が吹き荒れるなか上がった火の手。店を失った時吉とおちよは無料炊き出し屋台を引いて復興への一歩を踏み出した。苦しいときこそ人の情が心にしみる！

雪花菜飯《きらずめし》 小料理のどか屋 人情帖5
倉阪鬼一郎［著］

大火の後、神田岩本町に新たな店を開くことができた時吉とおちよ。だが同じ町内にけれん料理の黄金屋金多が店開きし、意趣返しに「のどか屋」を潰しにかかり…

栄次郎江戸暦 浮世唄三味線侍
小杉健治［著］

吉川英治賞作家の書き下ろし連作長編小説。田宮流抜刀術の達人矢内栄次郎は部屋住の身ながら三味線の名手。栄次郎が巻き込まれる四つの謎と四つの事件。

間合い　栄次郎江戸暦2
小杉健治［著］

敵との間合い、家族、自身の欲との間合い。一つの印籠から始まる藩主交代に絡む陰謀。栄次郎を襲う凶刃の嵐。権力と野望の葛藤を描く傑作長編小説。

見切り　栄次郎江戸暦3
小杉健治［著］

剣を抜く前に相手を見切る。過てば死…。何者かに襲われた栄次郎！彼らは何者なのか？なぜ、自分を狙うのか？武士の野望と権力のあり方を鋭く描く会心作！

残心　栄次郎江戸暦4
小杉健治［著］

吉川英治賞作家が〝愛欲〟という大胆テーマに挑んだ！美しい新内流しの唄が連続殺人を呼ぶ……抜刀術の達人で三味線の名手栄次郎が落ちた性の無間地獄

なみだ旅　栄次郎江戸暦5
小杉健治［著］

愛する女を、なぜ斬ってしまったのか？三味線の名手で田宮流抜刀術の達人矢内栄次郎の心の遍歴……吉川英治賞作家が武士の挫折と再生への旅を描く！

春情の剣　栄次郎江戸暦6
小杉健治［著］

柳森神社で発見された足袋問屋内儀と手代の心中死体。事件の背後で悪が哄笑する。作者自身が〝一番好きな主人公〟と語る吉川英治賞作家の自信作！

神田川斬殺始末　栄次郎江戸暦7
小杉健治［著］

三味線の名手にして田宮流抜刀術の達人矢内栄次郎が連続辻斬り犯を追う。それが御徒目付の兄栄之進を窮地に立たせることに……兄弟愛が事件の真相解明を阻むのか！

公家武者 松平信平《のぶひら》 狐のちょうちん
佐々木裕一［著］

後に一万石の大名になった実在の人物・鷹司松平信平。紀州藩主の姫と婚礼したが貧乏旗本ゆえ共に暮せない。町に出ては秘剣で悪党退治。異色旗本の痛快な青春

姫のため息 公家武者 松平信平2
佐々木裕一［著］

江戸は今、二年前の由比正雪の乱の残党狩りで騒然。背後に紀州藩主頼宣追い落としの策謀が……。まだ見ぬ妻と、舅を護るべく公家武者の秘剣が唸る。

四谷の弁慶 公家武者 松平信平3
佐々木裕一［著］

千石取りになるまでは信平は妻の松姫とは共に暮せない。今はまだ百石取り。そんな折、四谷で旗本ばかりを狙い刀狩をする大男の噂が舞い込んできて……。

木《こ》の葉《は》侍 口入れ屋 人道楽《ひとどうらく》帖
花家圭太郎［著］

腕自慢だが一文なしの行き倒れ武士が、口入れ屋に拾われた。江戸で生きるにゃ金がいる。慣れぬ仕事に精を出すが……。名手が贈る感涙の新シリーズ！

影花侍 口入れ屋 人道楽帖2
花家圭太郎［著］

口入れ屋に拾われた羽州浪人永井新兵衛に、用心棒の仕事が舞い込んだ。町中が震える強盗事件の背後に潜む奸計とは!?人情話の名手が贈る剣と涙と友情

葉隠れ侍 口入れ屋 人道楽帖3
花家圭太郎［著］

寺の門前に捨てられた赤子、永井新兵衛。長じて藩剣術指南となるが、故あって脱藩し江戸へ。その心の温かさと剣の腕で人びとの悩みに応える。人気シリーズ第3弾